Über die Autorin:
Nadine Wieland wurde am 22. Dezember 1991 in Zürich geboren und entwickelte schon in der frühen Kindheit Freude am Schreiben. Seit ihrer Jugend verschlingt sie Kriminalromane und entwickelte nach einem wahren Ereignis im Jahr 2018 die Idee für ihr erstes Buch.

Nadine Wieland

TÖDLICHE TÄUSCHUNG

Kriminalroman

© 2020 Nadine Wieland
Alle Rechte vorbehalten.
Herstellung und Verlag: BoD –
Books on Demand, Norderstedt
ISBN: 978-3-7526-1042-0

**«Auge um Auge
und die ganze Welt wird blind sein.»**

Mohandas Karamchand Gandhi, 1869 - 1948

Prolog

Der Polizeiinspektor Gautschi hatte in seiner langjährigen Karriere schon einiges erlebt, doch die Mordmeldung betreffend Tamara Koch sollte er sein Leben lang nicht vergessen. Es war Sonntagnachmittag und das sonst so idyllische, autofreie Städtchen Zermatt am Fusse des Matterhorns befand sich im Ausnahmezustand. Der viele Neuschnee hatte zu grösseren Stromausfällen und Streckenblockierungen geführt, die Lawinengefahr wurde auf die höchste Stufe erhöht und mehrere Personen mussten aus einer Schneelawine befreit werden. Der öffentliche Verkehr lag lahm und trotz dem grossen Aufgebot an fleissigen Helfern war die grosse Schneemenge zurzeit nicht kontrollierbar. Im Vorfeld hatte es zwar Sturmwarnungen gegeben, das Ausmass der Naturgewalt war aber deutlich unterschätzt worden. Mittlerweile berichtete das ganze Land über die Lage in Zermatt. Der Polizist Gautschi verfolgte die Medienberichte an diesem Sonntagnachmittag sehr aufmerksam. Um 15:06 Uhr kam ein Anruf, welcher ihn von seinen Recherchen aufschreckte. Es klingelte zwei Mal, ehe Gautschi das von der Zentrale weitergeleitete Telefon abnahm.

«Guten Tag. Ich habe einen Mord zu melden», verkündete der Anrufer, kaum hatte Gautschi das Telefonat entgegengenommen. Die Stimme des Mannes war viel zu ausdruckslos und ruhig, um etwas derartig Entsetzliches zu berichten. Seine Tonlage war so monoton, als lese er eine lange Einkaufsliste herunter. Gautschi erschrak und spürte, wie sich sein Herzschlag beschleunigte. «Mit wem spreche ich?», fragte er und bat seinen Polizeikollegen mit einem Handzeichen, das Telefonat mitanzuhören.

«Mein Name ist Markus Wanner. Ich und fünf weitere Personen sind im Berghotel Bellechasse auf dem Aldenhorn und warten auf Rettung. Unsere Kollegin Tamara Koch wurde ermordet, und ihr Mörder ist unter uns. Wegen dem Schneesturm sind wir von der Aussenwelt abgeschnitten. Wir hatten keinen Strom, kein Internet, kein Telefonnetz. Dies ist unser erster Kontakt nach draussen und einige meiner Kollegen sind am Ende ihrer geistigen Kräfte. Bitte kommen Sie so schnell wie möglich hierher.»

Gautschis Augen weiteten sich, seine nachmittägliche Müdigkeit war auf der Stelle verflogen. Er zog kurz in Erwägung, ob sich jemand einen schlechten Scherz erlaubte, doch eine solche Dreistigkeit traute er niemandem zu.

«Wo ist die Leiche?», fragte Gautschi und nahm seinen Schreiber zur Hand.

«Bei uns im Hotel Bellechasse. Die Situation ist sehr unangenehm.»

Dies war eine sehr diplomatische Formulierung, befand Gautschi.

«Bleiben Sie, wo Sie sind. Wir schicken einen Helikopter vorbei.»

«Verstanden», sagte der Mann an der anderen Leitung. «Bitte beeilen Sie sich.»

Kapitel 1

Tamara Koch lief an diesem kalten Januartag eilenden Schrittes zum Bahnhofreisebüro von Zermatt. Mit ihren platinblonden Locken, den markanten Wangenknochen und der guten Figur wäre Tamara eigentlich bildhübsch, doch ihr schwerfälliger Schritt und die traurigen Augen trübten die Erscheinung. Die dick aufgetragene Schminke verdeckte die dunklen Augenringe, doch ihre Ausstrahlung hatte dauerhaft unter den Ereignissen der vergangenen Wochen gelitten.

«Guten Tag, ich möchte gerne sechs Tickets für die Zahnradbahn kaufen. Wir fahren bis zur Endstation, dem Aldenhorn», sagte Tamara Koch zum Mann am Bahnhofschalter und kramte ihr Portemonnaie aus der schwarzen Handtasche.

Der Mann beäugte sie misstrauisch und gab einen Seufzer von sich. «Sie wissen, dass es draussen stürmt und schneit, als würde eine neue Eiszeit auf uns zukommen? Natürlich können Sie mit der Zahnradbahn aufs Aldenhorn, aber es lohnt sich heute nicht.»

Der Mann mit dem Namensschild «Schmid» zeigte mit seinem dicklichen Finger auf den Monitor seines Bildschirms. «Hier, das ist die Webcam vom Aldenhorn. Alles ist neblig und es schneit unentwegt.»

«Das ist schade, aber ich kaufe die Tickets trotzdem», beharrte Tamara Koch ohne Zögern und sah den Mann mit einem durchdringenden Blick an. Schmid runzelte die Stirn.

Das Aldenhorn war zweifelsfrei einer der schönsten und beliebtesten Ausflugsziele der Schweiz. Mit den 3028 Höhenmetern ragt der Berggipfel weit in den Himmel empor und bietet den Besuchern der Aussichtsplattform einen einzigartigen Blick über die Walliser Alpen. Das Bergpanorama begeisterte täglich hunderte von Touristen aus aller Welt, und durch die Zahnradbahn war die Plattform optimal erschlossen. Doch bei schlechtem Wetter machte der teure Ausflug keinen Sinn, und Schmid hatte den Touristen Alternativprogramme angeboten. Aber diese Blondine mit dem kalten Blick schien nichts auf seine Meinung zu geben, dachte er sich. Auf dem Aldenhorn gab es kein Restaurant, in dem man sich aufwärmen konnte. Der Wind blies in der Höhe noch viel kräftiger und kälter, und die Eiskristalle schlugen einen wie kleine Nadelspitzen ins Gesicht.

«Wissen Sie, wir übernachten auf dem Aldenhorn», erklärte die junge Frau und ihr Gesichtsausdruck erhellte sich dabei ein wenig. «Wir haben diesen Ausflug schon vor langer Zeit geplant.»

Sie wies mit einer Handbewegung nach draussen, wo ihre fünf Freunde mit den Gepäckstücken auf sie warteten.

«Ach so, demnach geht ihr zu Steffi Tobler ins Berghotel Bellechasse», murmelte Peter Schmid.

«Genau», sagte Tamara und nahm die sechs Tickets entgegen. Sie war etwas erstaunt, dass Herr Schmid das Hotel Bellechasse kannte, schliesslich lag es etwas abseits von der

Bahnendstation und war nur den wenigstens Besuchern des Aldenhorns bekannt. Vor der Errichtung der Zahnradbahn vor rund zweihundert Jahren war das Aldenhorn ausschliesslich routinierten Wanderern vorbehalten, denn der Aufstieg von Zermatt erfordert eine gute Kondition und Trittsicherheit. Das Berghotel Bellechasse war damals errichtet worden, um den Wanderern eine erschwingliche Übernachtungsmöglichkeit zu bieten. Erst durch den Bau der Zahnradbahn wurde die Lage des Hotels exquisit und die Inhaberin des Hotels erhielt seither regelmässige Angebote von Investoren. Ein Luxusressort an dieser Lage wäre eine wahre Goldgrube, aber das Hotel befand sich seit Generationen im Familienbesitz und stand nicht zum Verkauf.

Tamara Koch war seit ihrer Kindheit eng mit der Inhaberin des Hotels befreundet und besuchte sie regelmässig. Stefanie Tobler hatte das Hotel erst vor einem Jahr von ihren Eltern übernommen und erfüllte sich damit ihren grössten Lebenstraum. Im Gebäude steckte sehr viel Herzblut, Liebe und schöne Erinnerungen, und als Zeichen ihrer Freundschaft hatte Stefanie Tobler Tamara für das Wochenende ins Hotel eingeladen. Tamara durfte all ihre Freunde mitnehmen und gemeinsam mit ihren Liebsten den 30. Geburtstag im Hotel Bellechasse an diesem wunderbaren Ort feiern. Das Hotel blieb dieses Wochenende ausschliesslich für Tamaras Gäste geöffnet. Die Tagestouristen des Aldenhorns würden spätestens um 16 Uhr die letzte Bahn zurück ins Tal nehmen. Danach befanden sich die Freunde alleine auf dem Aldenhorn und waren auf sich selbst angewiesen. Durch die Abgeschiedenheit konnte es weder Lärmklagen noch ungebetene Gäste geben. Die Privatparty sollte für alle Beteiligten zu einem unvergesslichen Erlebnis werden. Tamara verabschiedete sich von Herrn Schmid und lief zurück zu ihren Freunden.

«Danke Tamy», sagte die schwarzhaarige Frau namens Alexandra, als Tamara ihr die Fahrkarte überreichte. Sie verstaute sie in ihrer modischen Handtasche und schnürte den Lodenmantel enger um ihre Taille. Obschon Alexandra den Winter nicht sonderlich mochte, genoss sie Zermatts Ruhe und die friedliche Stimmung, denn ihr stressiges Stadtleben schien plötzlich in weiter Ferne. Alexandra schweifte den Blick über die schneebedeckten Hausdächer und die rauchenden Kamine. Trotz den eisigen Temperaturen spielten Kinder in den Vorgärten und warfen sich Schneebälle zu. Neben den Bahngleisen stand ein Schneemann ohne Nase; die Karotte hatte den Halt verloren und lag halb eingeschneit vor dem kugelrunden Bauch. In der Ferne sah man die elektrische Zahnradbahn, welche hinter einem Hügel aufgetaucht war und sich langsam der Station näherte. Obschon es eine neuzeitliche Bahn war, verströmte sie mit ihrer roten Farbe und den abgerundeten Fensterbögen einen Hauch Nostalgie. Tamara und ihr Geburtstagsgrüppchen gesellten sich zusammen mit einer asiatischen Touristengruppe in einen Wagon und fuhren knapp vierzig Minuten in lang gezogenen Kurven den steilen Weg zum Aldenhorn empor.

Tamaras Lebenspartner Leandro Wanner nahm die lebhaften Gespräche im Zugabteil kaum war. Er blickte gedankenverloren aus dem Fenster, ohne dabei die vorbeiziehende Landschaft mit den vielen Bächen und imposanten

Felsformationen richtig wahrzunehmen. Leandro machte sich Überlegungen zu seiner Firma, die Wanner Wealth Management AG. Leandros Tätigkeit bestand in der Vermögens- und Anlageberatung für Privatpersonen, was im heutigen Umfeld ein hart umkämpfter Markt war. Doch durch Leandros grosses Netzwerk wurde er schnell erfolgreich, so dass er schon kurz nach der Firmengründung vor knapp eineinhalb Jahren seinen bisherigen Job kündigte und sich voll auf seine Selbstständigkeit konzentrierte. Zuerst beriet er fast ausschliesslich Freunde und Bekannte, doch durch Weiterempfehlungen vergrösserte sich der Kundenstamm schnell.

Nach etwas über einem Jahr kam er mit der Arbeit nicht mehr nach und engagierte deshalb einen Mitarbeiter namens Thomas Meier, welcher in seinem Lebenslauf viele Erfahrungen in der Bankenbranche aufführte. Doch nach zwei Monaten stellte sich heraus, dass die Zusammenarbeit zwischen Thomas und Leandro nicht funktionierte. Gemäss Leandro Wanner verstand Thomas Meier nichts vom Fach und war absolut unzuverlässig, weshalb er ihm noch in der Probezeit kündigte. Die Folgen der Kündigung trafen Leandro hart, denn nur eine Woche nach Thomas Freistellung erschien in einer häufig gelesenen Finanzwebsite einen Artikel über die Wanner Wealth Management AG. Es hiess, dass die Wanner Wealth Management AG unter ihrem Namen Kundengelder investiere und den Grossteil der Profite selbst einstecke. Es handle sich um einen klaren Fall von Veruntreuung. Die Finanzwebsite erhielt sämtliche Informationen von einem «Insider». Für Leandro war klar, dass es sich bei diesem «Insider» um Thomas Meier handeln musste, denn niemand anders hatte jemals für ihn gearbeitet oder Einsicht in seine geschäftlichen Unterlagen erhalten. Die Presse veröffentlichte den Artikel, obschon keinerlei Beweise vorlagen und Leandro in einem Interview sämtliche Vorwürfe vehement von sich wies.

Als Vermögensverwalter lebte Leandro vom Vertrauen seiner Mandanten, doch dieses schwand durch den Bericht. Denn egal ob die Informationen des Insiders wahr oder erfunden waren: Die Kunden wollten kein Risiko eingehen und kündigten die Mandate mit der Wanner Wealth Management AG unverzüglich. Innerhalb der letzten drei Tagen hatte Leandro knapp die Hälfte seiner Kundschaft verloren, und ein Ende des Desasters war nicht absehbar. Es war ihm ein Rätsel, wie er an diesem Wochenende Tamaras glücklichen Freund spielen sollte. Lieber wäre er Zuhause geblieben und hätte sich in seine Arbeit verkrochen. Nicht, dass er glaubte, seine Firma wäre dadurch noch zu retten, aber er war jetzt einfach alles andere als in Feierlaune. Allerdings hatte er Tamara vor langer Zeit versprochen, sie an diesem Wochenende in die Berge zu begleiten, denn heute war schliesslich ihr 30. Geburtstag.

Naja, vielleicht würde ihm die Abwechslung und die frische Bergluft guttun, versuchte sich Leandro zu ermuntern.

«Leandro, worauf wartest du? Wir sind da.»

Leandro drehte sich um. Sein älterer Bruder Markus hatte ihn aus seinen Gedanken gerissen. Die Zahnradbahn war stehen geblieben und die Touristen drängten sich nach draussen. Ein dunkelblaues Schild mit der Aufschrift «Aldenhorn» zeigte Leandro an, dass sie die Endstation erreicht hatten. Er erhob sich und nahm sein Handgepäck aus dem Gepäckregal. Dann half er der etwas unbeholfenen Alexandra mit ihren sperrigen Koffern und fragte sich, weshalb sie für zwei Tage so viel Gepäck mitschleppte.

Die sechs Freunde liefen an der asiatischen Touristengruppe vorbei, die bereits fleissig am Posieren war. «Ich frage mich, was sich diese Asiaten von ihren Fotos versprechen, da man heute nichts als Grau sieht», meinte Tamara stirnrunzelnd.

«Vermutlich haben diese Touristen noch nie Schnee gesehen, daher müssen sie ihn auf ihren Fotos festhalten», sagte Markus in seinem nüchternen, sachlichen Ton. Markus Wanner hatte ausdrucksvolle, gebieterische Züge und erinnerte mit seiner straffen Haltung und dem ernsten Gesichtsausdruck an einen Offizier. Er folgte Tamaras Spur dem schmalen Pfad entlang und überlegte sich, dass man den Weg zum Hotel ohne Beschilderung kaum finden würde. Heute besuchte er das Aldenhorn zum ersten Mal, denn als leidenschaftlicher Schwimmer verbrachte er seine Freizeit vorwiegend an Seen, Flüssen oder im Hallenbad. Das Schwimmen gab ihm ein Gefühl von Freiheit und war ein perfekter Ausgleich zu seinen kopflastigen Tätigkeiten. Markus verfügte über ein abgeschlossenes Mathematikstudium und arbeitete als Pensionskassenexperte. In Fachkreisen kannte und schätze man ihn. Ausserdem spielte er in einem Schachclub und war dort einer der härtesten Gegner. Sein schier unermesslicher Ehrgeiz trieb ihn sowohl beruflich als auch privat zu Höchstleistungen an.

Markus stampfte sich einen Weg durch den Schnee. Es hatte unaufhörlich geschneit, sodass die Hotelinhaberin Stefanie Tobler mit dem Pflügen nicht nachgekommen war. Ihre Haare kräuselten sich aufgrund der Schneekristallen und fielen in nassen Strähnen ins Gesicht. An Alexandras Lodenmantel hingen dicke Schneekügelchen und der schwere Koffer hinderte sie daran, zügig im vorgestapften Pfad voranzukommen. Nach etwa 500 Metern erreichten die ersten Ankömmlinge das Hotel Bellechasse mit durchnässten Schuhen. Auf dem überdachten Vorplatz schüttelten sie sich die schneebedeckte Kleidung aus und klingelten an der Eingangstür. Erst als auch Alexandra den Vorplatz laut atmend und mit beträchtlichem Rückstand erreicht hatte, erschien Stefanie an der Tür.

«Oh, bitte entschuldigt, ich habe euch nicht gehört! Die Klingel ist seit Tagen defekt und der Elektriker fand noch keine Zeit, um sie zu reparieren. Kommt herein!»

Stefanie lächelte die Gäste liebevoll an. «Es ist so schön, dass ihr alle gekommen seid! Bitte tretet ein! Giulia, lass deine Schuhe ruhig an!»

Doch Giulia Koch hatte ihre Stiefel bereits ausgezogen und trat mit erwachenden Erinnerungen in das alte Berghotel, welches sich seit ihrer Kindheit kaum verändert hatte. Markus folgte der hübschen Blondine und dachte dabei, dass Giulia ihrer Schwester Tamara zum Verwechseln ähnlichsah. Giulias Gesicht wirkte etwas jünger, und auch das dunkle Muttermal auf ihrer Wange unterschied die Geschwister voneinander, aber die Ähnlichkeit war unübersehbar.

Bei der Ankunft im Hotel herrschte eine ausgelassene, fröhliche Stimmung. Durch das viele Holz, die antike Wandtäfelung und den Bildern von Albert Anker versprühte das Hotel Gemütlichkeit und Charme. Stefanie händigte den Besuchern die Zimmerschlüssel aus, damit sie sich vor dem Essen zurückziehen und ausruhen konnten.

Auf der linken Seite des Korridors befand sich ein grossräumiger Speisesaal mit Blick auf die schneebedeckte Terrasse. Bei gutem Wetter sah man vom Speisesaal und der Terrasse aus direkt auf das Matterhorn, die Dufourspitze, das Breithorn und auf andere imposante Drei- und Viertausender. Auf der gegenüberliegenden Korridorseite befanden sich die Küche, die Vorratskammer und die Gästetoiletten. Weiter hinten führte ein schmaler Flur zu den zehn Schlafräumen und zu Stefanies Privatraum.

Nachdem sich alle in ihren Zimmern eingerichtet hatten, versammelten sie sich im Speisesaal vor dem knisternden Feuer des Kamins. Die Schafsfelle über den antiken Holzstühlen, die tropfenden Kerzen sowie das knisternde Feuer verliehen dem Raum einen Hauch Romantik. Die Gäste bedienten sich mit Prosecco und Aperitifs.

«Nochmals vielen Dank, dass ich meinen 30. Geburtstag bei dir im Berghotel Bellechasse feiern darf», meinte Tamara an Stefanie gewandt. «Mich und meine besten Freunde hierher einzuladen war wirklich eine ausgezeichnete Idee, ein besseres Geburtstagsgeschenk kann ich mir gar nicht vorstellen. Du weisst ja, wie viel mir dieser Ort bedeutet.»

Stefanie lächelte sanft. «Schön, dass ich dir eine Freude bereiten konnte. Du weisst, dass du hier jederzeit willkommen bist.»

Tamara nickte. «Danke, das ist wirklich lieb von dir.»

In diesem Moment klingelte Stefanies Smartphone. «Oh, Peter Schmid vom Touristenbüro sucht mich. Da muss ich kurz ran.»

Stefanie wechselte einige Worte mit ihm, während sich Tamara umsah und zu Leandro und Markus lief. «Du siehst nachdenklich aus», meinte sie an ihren Partner Leandro gewandt, «ist alles in Ordnung?»

«Ja, ich kann meine Gedanken bloss nicht wirklich vom Geschäft losreissen», meinte er schulterzuckend.

«Das ist auch wenig verwunderlich», meinte Leandros Bruder Markus trocken, woraufhin Tamara ihm einen verwunderten Blick zuwarf. «Naja, es ist eine Menge los bei der Wanner Wealth Management AG», meinte er ausweichend und wandte den Blick zum hohen Torbogen, durch welchen Alexandra in diesem Moment den Raum betrat.

Alexandra stützte ihre Arme in die Taille und sah sich um. Eine Frau mit kastanienbraunen Haaren stand etwas abseits von der Gruppe und Alexandra fragte sich, wer dieser Gast war. Der Gesichtsausdruck der jungen Frau war relativ hart, aber nicht unfreundlich, und die kurz geschnittenen Haare verliehen ihr ein freches, selbstbewusstes Aussehen. Alexandra lief auf sie zu und fragte sie, wer sie sei und woher sie Tamara kenne.

«Ich bin Luisa Wanner, die Ehefrau von Markus Wanner», erklärte die Frau mit den kurz geschnittenen Haaren. «Da Tamara die Lebenspartnerin von Markus Bruder ist, unternehmen wir oft etwas zu viert.»

«Ach so, ja. Ich erinnere mich daran, dass mir Tamy von deiner Hochzeit mit Markus erzählt hat», meinte Alexandra und betrachtete Luisa freundlich.

«Das ist gut möglich, Markus und ich heirateten vor zwei Jahren. Woher kennst du Tamara?», fragte Luisa bemüht freundlich.

«Tamy und ich haben zusammen die Lehre zur Pharmaassistentin gemacht, aber das ist schon eine gefühlte Ewigkeit her.»

Luisa konnte sich Alexandra mit ihrem äusserst gepflegten Äusseren sehr gut als Pharmaassistentin vorstellen. Die langen Wimpern waren schwungvoll nach oben gerichtet und die rot gepuderten Wangen verliehen ihr eine gesunde, frische Farbe. Weil Alexandra etwas älter aussah als sie mit ihren dreissig Jahren effektiv war, benutzte sie alle erdenklichen Möglichkeiten der Schönheitsindustrie zur optischen Verjüngung. Luisa war dadurch geradezu gegensätzlich, sie war sehr natürlich und hatte seit ihrer Hochzeit mit Markus kein Makeup mehr getragen.

Luisa wollte dem Gespräch mit Alexandra noch etwas anfügen, als sie hinter sich eine laute Diskussion vernahm. Sie drehte sich um und sah Tamara, deren gute Laune offensichtlich verflogen war. Auch Alexandra hatte sich umgedreht und fragte Tamara, was los sei.

«Habt ihr vom Zeitungsartikel gewusst?», fragte Tamara ungehalten.

«Von welchem Zeitungsartikel?»

Tamara atmete tief durch, um ruhig zu bleiben. «In irgendeiner Finanzzeitung sei ein Artikel über Leandros Firma erschienen. Es heisst, dass Leandro das Vermögen seiner Kunden veruntreut.»

Luisa starrte Tamara entgeistert an. «Nicht im Ernst!», sagte sie und blickte entsetzt zu Leandro.

Dieser seufzte laut und schüttelte den Kopf. «Ich habe doch gleich vorhin gesagt, dass dies nur Gerüchte sind», meinte er sichtlich genervt. «Mein ehemaliger Mitarbeiter hat in den Zeitungen Lügen über mich verbreitet, nun stehe ich dumm da. Aber es ist nicht der Rede wert, macht euch keine Sorgen.»

Doch Tamara wirkte noch aufgebrachter als zuvor. «Ich kann es einfach nicht fassen, was du alles vor mir verbirgst. Warum lässt du mich nicht mehr an deinen Sorgen und Ängsten teilnehmen? In einer Beziehung sollte man einander alles erzählen, aber du hast dich immer mehr vor mir verschlossen. Denkst du ich ahnte nicht, dass du mir etwas verschweigst? Ich ertrug es kaum, dass du dich immer mehr von mir abgewandt hast und spürte, dass etwas nicht mehr in Ordnung war.»

Stefanie eilte zu Tamara und strich ihr sanft über den Rücken. «Du musst das nicht jetzt mit ihm besprechen», flüsterte sie ihr zu. «Lass uns kurz nach draussen gehen, ja?»

Doch Tamara hörte nicht hin.

«Hast du eine Ahnung wie verletzend es ist, wenn in der Zeitung negativ über den Partner berichtet wird und man selbst nichts davon wusste?», fragte sie Leandro. «Es ist frustrierend, wenn die Finanzwelt besser über dich informiert ist als ich. Ich habe dein Vertrauen verloren, und weiss nicht weshalb. Dabei war ich immer für dich da und habe die Hoffnung nie aufgegeben, dass zwischen uns wieder alles wird wie früher. Aber früher liebte ich dich, weil du ein ehrlicher, liebevoller Mensch warst. Doch nun stehst du sogar in den Zeitungen als Betrüger da. Genügte es dir nicht, in der Beziehung zu betrügen?»

Leandro sah aus, als wäre er soeben geohrfeigt worden, irritiert und erschrocken zugleich sah er zu Tamara. Er wollte etwas entgegnen und öffnete den Mund, doch er war unfähig, auch nur einen Laut hervorzubringen. Sein Herz pochte.

Tamaras Wut war förmlich spürbar. Sie kniff ihre Augen zusammen und sah Leandro abschätzig an. «Du hast mich betrogen, und dann erst noch mit meiner Schwester! Kann man seiner Partnerin etwas Schlimmeres antun? Glaub bloss nicht, dass ich dir jemals verzeihen kann», sagte sie und war den Tränen sichtlich nahe.

Alexandra sah Tamara mit weit aufgerissenen Augen an. «Oh Gott, das kann doch nur ein schlechter Scherz sein!», sagte sie entsetzt.

«Nein, leider ist es kein Scherz», meinte Tamara verbittert und ihre Miene verdüsterte sich. «Ihr könnt euch nicht annähernd vorstellen, wie sich das anfühlt. Es ist, als ramme man mir ein glühend heisses Messer ins Herz. Eigentlich hätte ich Leandro verlassen sollen, als ich von der Affäre mit Giulia erfuhr, aber ich tat es nicht. Ich konnte es einfach nicht. Erst heute bemerke ich, dass ich damit einen riesigen Fehler begangen habe. Denn Leandro hat mich ohne Skrupel belogen und betrogen, so wie er anscheinend auch all seine Kunden belogen und betrogen hat. Er veruntreut Vermögen von ehrlichen Menschen und ruiniert damit ganze Existenzen. Ich erkenne diesen gewissenlosen und egozentrischen Betrüger nicht wieder und frage mich, wie er nachts ruhig schlafen kann. Leandro nutzt das Vertrauen anderer schamlos aus und verursacht dadurch unzähliges Leid. Ich bin nicht sein einziges Opfer, wie ich seit vorhin weiss. Und ich werde für die anderen Menschen einstehen, die ebenfalls unter ihm gelitten haben.»

Tamara hielt einen Moment inne und kratzte sich am Kinn. Sie betrachtete Leandro nachdenklich und traurig. Leandro schien immer noch ausser Stande, Tamaras Anschuldigungen etwas zu entgegnen.

«Im Nachhinein denke ich, dass ich dumm war», fuhr Tamara fort. «Ich hätte eigentlich wissen müssen, dass du Vermögen veruntreust, denn ich hatte den Beweis dazu die ganze Zeit bei mir... Aber ich habe es damals nicht begriffen. Ich konnte meine Gefühle nicht richtig einordnen und machte mir keine Gedanken zu deinen Geschäften. Doch nun, wo ich von den Anschuldigungen gegen dich gehört habe, wird mir so einiges klar.»

Luisa sah überrascht auf. «Du hast einen Beweis für die Vermögensveruntreuung?», fragte sie neugierig. Tamara nickte, und ihre traurigen Augen verengten sich. Leandro hatte sich langsam von seinem ersten Schock erholt und fand zu seiner Sprache zurück. «Moment, ganz langsam», begann er, doch Tamara unterbrach ihn.

«Jetzt rede ich», sagte sie bestimmt und ihre sonst so traurigen Augen funkelten böse. «Du hast mich mit meiner eigenen Schwester betrogen, und es gibt keinen Weg, dies jemals wieder gut zu machen», sagte sie. «Das Dokument, welches deine Vermögensveruntreuung beweist, werde ich der Polizei aushändigen. Dann bist du geliefert.»

Leandro wirkte nervös. «Ich habe keine Ahnung, wovon du sprichst. Ich habe kein Vermögen veruntreut und es gibt keine Dokumente, welche mich in irgendeiner Form belasten könnten. Lass uns nach draussen gehen und alles in Ruhe besprechen. Ich kann dir alles erklären, auch das mit mir und Giulia.»

Doch Tamara schüttelte den Kopf. «Da gibt es nichts zu erklären. Dazu ist es nun zu spät.»

Giulia sah ihre ältere Schwester besorgt an. «Tamara, bitte, wir wollten dich niemals verletzten. Lass es mich dir erklären, ich-»

Tamara unterbrach sie. «Ihr wolltet mich nicht verletzen? Wie leicht sich das so dahin sagt.»

«Wir meinen es ehrlich», bekräftige Leandro, welcher extrem mitgenommen wirkte. Seine breiten Schultern waren nach vorne eingefallen und die schuldbewusste Miene erinnerte an einen frechen Schuljungen, welcher soeben beim Abschreiben erwischt worden war.

«Lass das Geplapper von wegen Ehrlichkeit», sagte Tamara zu ihm und blickte Leandro zornig an. Ihre Gesichtszüge hatten sich dramatisch verändert, und Leandro erkannte sie kaum wieder. Mit den markanten Wangenknochen, dem knochigen Gesicht, den nachgezogenen Augenbrauen und den Stirnfalten wirkte sie furchteinflössend. Leandro hatte Tamara schon oft wütend und aufbrausend erlebt, doch nun war sie wie ein anderer Mensch. Tamaras Stimme zitterte, als sie weitersprach. «Du hast gedacht, du könntest alles vor mir verbergen! Deine dubiosen Geschäfte, die Negativpresse und deine Affäre mit meiner Schwester! Wann hast du mich endlich genug gedemütigt? Ich ertrage das nicht mehr.»

Tamara war am Boden zerstört.

«Lass uns rausgehen, Liebes», sagte Stefanie mit Nachdruck. «Du musst dich ausruhen, du bist ganz blass und zitterst.»

Sie führte Tamara in den Flur hinaus und brachte sie in ein leerstehendes Hotelzimmer. «Hier, setz Dich. Ich bleibe bei dir, bis es dir besser geht.»

Alexandra ging ihnen nach.

Im Aufenthaltsraum herrschte eine bedrückende Stille, nur Giulias leises Schluchzen war zu hören.

Luisa, welche die Auseinandersetzung mitangehört hatte, warf Giulia einen vorwurfsvollen Blick zu. «Hör auf rumzuheulen, du hast dir das alles selbst zuzuschreiben», sagte sie. «Ich gehe jetzt in mein Zimmer. Ich habe genug von euch.»

Luisa hatte sich schon in Bewegung gesetzt, als Markus sie am Handgelenk packte und unsanft zurückhielt. «Luisa, sei bitte nicht zu hart zu Leandro und Giulia. Zwischen Leandro und Tamara lief es schon länger nicht mehr gut.»

Luisa riss sich mit einer gekonnten Drehbewegung aus Markus Griff. «Das ist keinesfalls eine Entschuldigung für die Affäre. Nur weil Leandro dein Bruder ist, brauchst du ihn nicht zu verteidigen», sagte Luisa entschlossen.

«Das tue ich nicht! Ich habe Leandro mehrfach gesagt, er solle sich für eine der Beiden entscheiden, aber die Situation war nicht einfach.»

Luisas Puls beschleunigte sich, und auf ihrer sonst so glatten Haut bildeten sich kleine Furchen. «Willst du mir damit sagen, dass du von der Affäre gewusst hast?», fragte sie aufgebracht. «Warum hast du Tamara nichts davon gesagt? Wo ist dein Sinn für Gerechtigkeit? Du hättest eingreifen müssen, verdammt noch mal!»

«Seid einfach nur still», sagte Leandro betrübt und stellte sein Glas auf den weiss gedeckten Apéro-Tisch.

Luisa funkelte Leandro böse an. «Du hast mir überhaupt nichts zu sagen. Warum bist du überhaupt an Tamaras Geburtstagsfeier gekommen? Hast du eine Ahnung, wie respektlos das ist?»

«Luisa, ich habe gesagt, du sollst still sein!», brüllte Leandro und donnerte mit seiner Faust auf den Tisch. Das Glas wackelte und Luisa zuckte erschrocken zusammen.

Leandros Augen waren zusammengekniffen und seine buschigen Augenbrauen zogen nach unten.

Luisa wagte es nicht, ihm noch einmal zu widersprechen. Mit einem mulmigen Gefühl verliessen alle den Saal, um sich in ihre Zimmer zurückzuziehen und den Anderen bis auf Weiteres aus dem Weg zu gehen.

Die Schneeflocken rieselten lautlos und ununterbrochen auf die Erde hinab und hüllten die Umgebung in ein sattes, märchenhaftes Weiss. Der Himmel war grau und die Sicht in die Berge getrübt, und während am frühen Nachmittag im Dorf von Zermatt noch Kinder draussen gespielt hatten und Erwachsene ihre Einkäufe erledigten, waren die Strassen inzwischen nahezu leer. Niemand setzte freiwillig einen Fuss nach draussen, und die Touristen zogen sich in die Hotels zurück oder überbrückten den unaufhörlichen Schneefall mit Wellnessaufenthalten und Restaurantbesuchen.

Peter Schmid sass etwas gelangweilt im Touristenbüro von Zermatt und sehnte sich beim Betrachten der grauen Webcam des Aldenhorn den Feierabend herbei. Was für ein schreckliches Wetter für einen Aufenthalt im Berghotel Bellechasse, überlegte er sich und dachte dabei an die junge Frau vom frühen Nachmittag zurück. Bereits gestern hatte man heftige Schneeböen prognostiziert, und Peter Schmid rechnete damit, dass der Zahnradbetrieb demnächst eingestellt wurde. Der Schnee legte sich auf den Bahngleisen nieder, ausserdem herrschte grosse Lawinengefahr. Tatsächlich klingelte nur wenige Minuten später das Festnetztelefon und Peter rollte mit dem Bürostuhl näher ans Pult.

«Ciao Rolf», begrüsste er den Mann am anderen Ende der Leitung. «Ja, klar, ich verstehe...»

Er strich sich über seine grauen Bartstoppeln und lauschte. «Das ist ein guter Entscheid, ich habe bereits damit gerechnet. Schliesslich habe ich den Touristen schon den ganzen Tag vom Aldenhorn abgeraten.»

Sein Vorgesetzter Rolf Habicht war kurz angebunden und beendete das Telefonat relativ rasch, nachdem er Schmid die relevanten Informationen durchgegeben hatte. Die Zahnradbahn fuhr heute definitiv nicht mehr nach oben, denn der Wind hatte den Schnee umverteilt und zu riesigen Häufen aufgetürmt. Der starke Schneefall mit dem damit verbunden Lawinenrisiko war für die Touristen ein unzumutbares Risiko, ausserdem waren die Gleise bald nicht mehr befahrbar. Man wollte sicherstellen, dass die Touristen das Aldenhorn rechtzeitig verliessen und sich so bald wie möglich in Sicherheit begaben.

Aktuell befanden sich noch 32 Personen auf der Aussichtsplattform des Aldenhorns, davon mussten 25 Personen zurück ins Tal befördert werden. Die restlichen Touristen übernachteten gemäss Rolfs Abklärungen im Hotel Bellechasse und wollten heute nicht mehr nach Zermatt zurückkehren. Stefanie Tobler hatte Rolf telefonisch versichert, dass während dem Schneesturm niemand das Hotel verlassen würde. «Mach dir keine Sorgen, Rolf. Im Hotel sind wir in Sicherheit. Meine beste Kollegin feiert heute ihren runden Geburtstag, deshalb wollen wir nicht zurückkommen. Aber du kennst mich, ich war schon während einigen Schneestürmen auf dem Aldenhorn und habe es noch immer heil überstanden.»

Rolf vertraute Stefanie Tobler und konnte sich auf ihr Wort verlassen. «In Ordnung, wenn es euer ausdrücklicher Wunsch ist, könnt ihr auf dem Aldenhorn bleiben.»

Und so fuhr die letzte Zahnradbahn dieses trüben Samstags bereits um 15 Uhr zurück nach Zermatt. Die asiatischen Gäste kamen sicher ins Tal zurück und freuten sich sehnlichst auf eine warme Dusche. Tamaras Geburtstagsgäste blieben alleine auf dem Berggipfel zurück. Was auch immer in den nächsten Stunden passieren sollte: Tamaras Freunde waren von nun an auf sich alleine gestellt.

Kapitel 2

Stefanie und Alexandra blickten ihre Kollegin besorgt an. Tamara Kochs Augenringe waren durch die verwischte Schminke deutlich erkennbar und liessen sie optisch um einige Jahre altern.

«Liebes, können wir etwas für dich tun?», fragte Stefanie mit ihrer warmen, fürsorglichen Stimme.

«Nein. Wenigstens wissen Giulia und Leandro nun, dass ich von ihrer Affäre weiss. Ich fühle mich fast schon erleichtert, dass es jetzt raus ist», sagte Tamara und wandte ihren Blick zum Fenster. Das Schneegestöber draussen war heftig, und der Wind schlug gegen die laut klappernden Fensterläden. Bei keinem ihrer zahlreichen Besuche auf dem Aldenhorn hatte Tamara jemals einen solch starken Schneefall erlebt, und es wirkte geradezu ironisch, dass ihre stürmischen Zeiten durch das passende Wetter begleitet wurden.

«Ich verstehe, dass du dich nun erleichtert fühlst, wo du doch schon so lange von der Affäre mit Giulia wusstest und alles in dich hineingefressen hast», meinte Stefanie, woraufhin Alexandra aufhorchte.

«Was? Du wusstest schon lange, dass Leandro dich mit Giulia betrügt?», fragte sie entsetzt, und Tamara bejahte.

Alexandras Körper versteifte sich, sie sass kerzengerade im Stuhl und zog ihre Mundwinkel fast unmerklich nach unten.

«Hm.»

Alexandra blinzelte auffallend häufig und schluckte laut, als hätte sie einen Kloss im Hals.

Tamara seufzte laut.

«Ich hätte es dir schon noch erzählt, Ale. Es fiel mir bloss viel zu schwer, mit jemandem darüber zu reden.»

Alexandra nickte leicht.

«Ich wusste nicht, ob ich Leandro verlassen und den Kontakt mit Giulia für immer abbrechen sollte. Es war ein schwieriger Entscheid, schliesslich ist Giulia meine Schwester und Leandro meine grosse Liebe.»

«Ja, ich verstehe was du meinst», sagte Alexandra.

Tamara zog die Augenbrauen hoch und fuhr fort. «Ich dachte in letzter Zeit an nichts anderes als an die Affäre zwischen Leandro und Giulia, und doch war mir nie klar, wie ich weiter vorgehen sollte. Ich klammerte mich stets an einen Funken Hoffnung, dass alles surreal war und ich bald aus diesem schrecklichen Alptraum aufwachen würde.»

Alexandra wirkte betreten und horchte Tamaras Worten aufmerksam.

«Zwischen mir und Leandro lief es schon länger nicht mehr gut», fuhr Tamara fort, «aber das bedeutete keinesfalls das Beziehungsende, denn welches Paar durchlebt nicht auch schwierige Zeiten? Wir haben uns früher sehr geliebt und ich war überzeugt davon, dass Leandro und mich nichts auf der Welt trennen könnte. Aber mit der Affäre hat Leandro alles zerstört, was wir jemals hatten, er hat mich innerlich vernichtet und mich zu einem emotionalen Wrack gemacht. Warum musste er sich für den Seitensprung ausgerechnet Giulia aussuchen? Leandro hat meine Beziehung zu meiner einzigen Schwester geschädigt, mich gedemütigt, hintergangen und betrogen. Ich war so wütend auf ihn!»

Stefanie schniefte und sagte etwas Beruhigendes, doch Tamara nahm ihre Kollegin nicht richtig wahr. Ihr Herz pochte, als sie die Vergangenheit Revue passieren liess und mit ihrer Geschichte fortfuhr. «Ich wollte meinen Geburtstag unbeschwert geniessen und der unangenehmen Situation entfliehen. Aber dann erzählten mir Markus und Steffi vorhin vom kürzlich erschienenen Zeitungsartikel über die Wanner Wealth Management AG und den darin enthaltenen Vorwürfen, dass Leandro Vermögen veruntreut und unschuldige Menschen um ihr Geld betrog. Da wurde mir bewusst, dass ich Leandro offenbar nie wirklich gekannt habe und keine weitere Kränkung hinnehmen sollte. Deshalb habe ich die Beherrschung verloren und meinen Emotionen freien Lauf gelassen. Ich platzte mit allem heraus, denn das Schweigen ist viel zu anstrengend.»

Tamara blickte ihre Freundinnen betrübt an.

«Und nun willst du dich an Leandro rächen, indem du ihn der Polizei auslieferst?», fragte Alexandra neugierig.

«Nein», meinte Tamara bestimmt, «Rache ist das falsche Wort. Ich will bloss verhindern, dass Leandro noch mehr Menschen so sehr täuscht wie er mich die ganze Zeit über getäuscht hat.»

Alexandra nickte. «Das kann ich verstehen. Du willst Gerechtigkeit. Aber warum hast Du Giulia und Leandro überhaupt hierher eingeladen, wo du doch von ihrer Affäre wusstest?»

Tamara zuckte mit den Schultern. «Ich hatte die Kraft noch nicht, mit den Beiden zu sprechen. Wenn ich Leandro und Giulia von meiner Geburtstagsfeier ausgeladen hätte, müsste ich ihnen den Grund dafür nennen, und das wollte ich nicht. Lieber tat ich so, als sei nichts, statt mit ihnen über die Affäre zu reden und meine Beziehung zu riskieren. Ich wollte mir einreden, dass alles in Ordnung war.»

Stefanie beugte sich etwas im Stuhl vor und legte ihre Hand auf Tamaras Schultern. «Das verstehe ich, und es tut mir alles sehr leid für dich, Liebes. Du hast dich sehr auf deinen Geburtstag gefreut und gehofft, dass du hier auf andere Gedanken kommst. Doch nun haben dich die Ereignisse der Vergangenheit eingeholt und du stehst an einem Wendepunkt. Aber was auch immer du tust und wofür du dich entscheidest, Alexandra und ich sind für dich da. Vielleicht ist es gut, dass der Streit an einem Tag ausbrach, an dem du deine Nächsten um dich hast. Wir unterstützen dich, so gut wir nur können.»

«Ja Spatz, du kannst auf uns zählen!», sagte Alexandra mit Nachdruck. «Ich wusste nicht, wie schlecht es dir geht.»

Alexandra fügte hinzu, dass sie sich bisher noch nie hatten unterkriegen lassen. «Nun heisst es Krone richten und weitergehen!», meinte sie, und Tamara zwang sich zu einem Lächeln.

«Ihr seid lieb, ich danke euch. Es hat mir sehr geholfen, mit euch zu sprechen. Aber wenn es euch nichts ausmacht, bin ich gerne noch einen Moment alleine. Ich muss mir einfach noch ein paar Gedanken machen.»

Stefanie nickte. «Natürlich, das verstehe ich. Komm mit, ich gebe dir einen neuen Zimmerschlüssel, damit du einen Raum für dich alleine hast.»

«Vielen Dank Steffi, das ist sehr aufmerksam. Ich werde meine Sachen nach dem Abendessen in das neue Zimmer bringen.»

Stefanie und Tamara verliessen den Raum und bogen nach links ab, um beim Empfangspult den neuen Zimmerschlüssel zu holen.

Alexandra blickte den Beiden kurz nach und bog dann in die entgegengesetzte Richtung ab. Der Korridor zu den zehn Schlafräumen war relativ schmal und karg beleuchtet, und das dekorative Hirschgeweih an der Wand warf einen langen Schatten. Alexandra kramte ihren Schlüssel aus der Handtasche und öffnete die Tür zu ihrem Hotelzimmer. Erschöpft streifte sie sich die Lederstiefel von den Füssen und legte sich auf das frisch bezogene Bett. Was für ein Tag! Alexandra hatte sich schon lange auf Tamaras Geburtstagsfeier gefreut, doch die jüngsten Ereignisse trübten die Stimmung. Seit Alexandras Trennung mit ihrem langjährigen Partner Dominik vor rund zwölf Monaten kam es Alexandra so vor, als befinde sich ihr Leben in einer Abwärtsspirale. Finanzielle Engpässe, Unzufriedenheit am Arbeitsplatz und Pech in der Liebe...

Alexandra lehnte sich aus dem Bett und grub ihr Smartphone aus der Handtasche. Ein sanftes Lächeln huschte über ihre Lippen, als sie darauf die Nachricht einer neuen Bekanntschaft las. Den charmanten Mann hatte sie über eine Dating-Plattform kennengelernt, und sein orientalisches Aussehen mit dem dunklen Teint und der ausgefallenen Frisur gefielen ihr. Mit erstaunlicher Geschwindigkeit tippte Alexandra eine Antwort in das Smartphone. Das kleine Symbol bei der Nachricht zeigte ihr an, dass der Text nicht abgeschickt worden war. Probehalber schrieb Alexandra einer Kollegin, doch auch da funktionierte die Kommunikation nicht. Alexandra erhob sich vom Bett und lief zum Fenster, da sie sich von dort aus einen besseren Internetempfang erhoffte.

Sie blickte aus dem Fenster und beobachtete die wild tanzenden Schneeflocken, die auf den hohen Neuschnee niederrieselten. Alexandra öffnete das Fenster und lehnte sich leicht heraus. Die Sicht war so trüb, dass sie nicht sah, wie sich die Zahnradbahn um Punkt 15 Uhr langsam in Bewegung setzte und zum letzten Mal am heutigen Tag den Weg hinunter ins Tal einschlug. Aufgrund der eisernen Kälte und des starken Windes schloss Alexandra das Fenster wieder und warf einen Blick auf ihr Handy. Die Nachrichten konnten noch immer nicht versandt werden. Sie probierte den Internetzugang über den Browser aus, doch auch das funktionierte nicht. Alexandra seufzte. Das durfte doch nicht wahr sein. Warum ging das Internet plötzlich nicht mehr?

Sie gähnte, die dünne Bergluft in Kombination mit ihrem Schlafmangel machte ihr zu schaffen. Sie würde sich kurz hinlegen.

Um 16 Uhr klingelte der Wecker von Alexandras Handy. Etwas verwirrt sah sie sich um - im ersten Moment begriff sie nicht, wo sie sich befand. Sie blinzelte gähnend und erkannte nun das gemütlich eingerichtete Hotelzimmer wieder. Sie stellte den Wecker des Smartphones aus und überprüfte, ob die Internetverbindung inzwischen funktionierte, doch die Nachrichten konnten immer noch nicht verschickt werden. Oben rechts des Bildschirms erkannte Alexandra zudem die Meldung, dass kein Telefonnetz verfügbar war. Das war doch unglaublich, waren sie hier wirklich am Ende der Welt? Alexandra seufzte tief, stand auf, machte sich kurz im Bad frisch und zog ihre Lederstiefel an. Sie trat hinaus in den leeren Korridor und schloss die knarrende Holztür hinter sich zu.

Als sie den Flur entlanglief, rümpfte sie die Nase, denn ein unangenehmer Geruch lag in der Luft. War etwas angebrannt, oder woher kam dieser fürchterliche Gestank?

Sie lief an Leandros Schlafzimmer vorbei in Richtung Speisesaal, wo der Geruch immer stärker wurde. In der Annahme, dass der Geruch aus der Küche kam, steuerte sie direkt darauf zu. Sie wollte schon anklopfen und nachsehen, ob alles in Ordnung war, als eine tiefe Männerstimme die Stille durchbrach.

«Wer ist hier? Ich brauche Hilfe.»

Es war Markus, und obwohl er seine Worte klar wählte und langsam sprach, schwang ein unruhiger Unterton in seiner Stimme mit. Alexandra versuchte Markus zu orten und lief eilenden Schrittes an der Küche vorbei zur Vorratskammer. In diesem Raum lagerte Stefanie Essensvorräte, Bettwäsche und Hygieneartikel. Die Tür zur Vorratskammer stand offen und Alexandra spähte vorsichtig hinein.

Dann zuckte sie erschrocken zusammen. Tamara lag bäuchlings in einer grossen Blutlache auf dem Boden, aus ihrem Hinterkopf trat Blut. Markus hatte sich zu ihr hingekniet und fühlte den Puls am Handgelenk. Alexandra bekam eine Gänsehaut und ihre Pupillen weiteten sich.

«Was ist mit Tamara? Ist sie tot?», fragte sie panisch und stützte sich schwankend an der Wand ab.

Markus sah Alexandra ernst an. «Ich spüre keinen Puls...» Neben Tamaras reglosem Körper lag ein Bügeleisen, welches Markus nun gründlich begutachtete. «Jemand muss Tamara damit erschlagen haben», sagte er.

Alexandra schauerte bei dieser Vorstellung und schloss kurz die Augen. Ihre Hände waren schweissnass und glitschig, als sie sich den Schal mit einer raschen Bewegung vom Hals riss.

Schritte näherten sich der Vorratskammer, und wenig später tauchte Stefanie neben Markus und Alexandra auf.

«Was war das für ein Geräusch?», fragte sie und stiess bei Tamaras Anblick einen lauten, hysterischen Schrei aus.

«Tamara wurde erschlagen», sagte Markus, «ich fühle keinen Puls mehr.»

«Sie ist doch nicht... Sie ist sicher nicht...»

Stefanie stockte, unfähig, den Satz zu vollenden.

Alexandra schwankte hin und her, aufgrund der aufkommenden Übelkeit war ihrem Gesicht sämtliche Farbe entwichen. Sie presste den Handrücken auf ihren Mund und rannte davon. Sie schaffte es gerade noch knapp auf die Toilette, auf der sie sich mit würgenden Geräuschen übergab.

«Hol die Anderen», sagte Markus zu Stefanie, «und zwar sofort.»

Markus zog seinen beigen Pullover aus und versuchte damit die Blutung an Tamaras Hinterkopf zu stoppen. Stefanie torkelte benommen nach draussen. Sie hatte das

Gefühl, als hätte es ihr den Magen umgedreht. Mit zitternden Beinen lief sie planlos den Flur entlang, unwissend, wo sie nach den anderen suchen sollte. In diesem Moment kam Giulia aufgeregt auf sie zu.

«Steffi», rief Giulia, «ist alles in Ordnung? Warum hast Du geschrien?»

Doch Stefanie antwortete nicht. Ihr besorgter Gesichtsausdruck, die Blässe und ihr vollkommen ausdrucksloses Gesicht beunruhigten Giulia noch mehr. Giulia lief an Stefanie vorbei Richtung Vorratskammer, und Stefanie konnte sie aufgrund ihrer Schockstarre nicht zurückhalten.

Markus erhob sich von seinen Knien, legte den beigen Pullover neben Tamaras Leiche und lief aus der Vorratskammer hinaus in den Gang. Sein hellblaues Hemd hatte an den Ärmeln frisches Blut, und sein Blick war noch ernster als sonst. Er breitete seine Arme aus und stellte sich Giulia in den Weg, so dass sie den Leichnam ihrer Schwester nicht sehen konnte.

«Geh beiseite», sagte er bestimmt.

«Warum, was ist los?», fragte Giulia mit wachsender Unruhe.

«Das erfährst du nachher», meinte Markus und wies sie an, Alexandra aus der Damentoilette zu holen. Er selbst suchte nach Leandro und Luisa, während Stefanie darum gebeten wurde, für alle einen starken Schnaps bereitzustellen. Markus strenge und sachlichen Anweisungen erinnerten an einen Offizier. Er hatte die Führung übernommen und trat dermassen selbstbewusst auf, dass ihm niemand zu widersprechen wagte. Gehorsam machte sich Giulia auf die Suche nach Alexandra und kehrte wenige Minuten später mit ihr zurück. Alexandras Anblick war grauenhaft, in den letzten Minuten schien sie um mehrere Jahre gealtert zu sein. Ihr Blick war ausdruckslos und leer, und trotz den rot geschminkten Wangen wirkte sie fahl und blass. Auch Stefanie sah schlecht aus und das Serviertablett mit den Schnapsgläsern wackelte bedrohlich, als sie damit in den Speisesaal balancierte. Sie zitterte am ganzen Körper und sah aus, als liesse sie die Kraftlosigkeit ihrer Beine demnächst zusammenbrechen. Kaum hatte Stefanie das Serviertablett mit einem lauten Geräusch auf den Tisch gestellt, erschienen Markus, Leandro und Luisa durch den Torbogen des Speisesaals.

«Nun sagt mir bitte was los ist», sagte Luisa und verschränkte ihre Arme vor der Brust.

Markus zögerte, denn es war schwierig, die passenden Worte zu finden. Die Grausamkeit konnte nicht durch Worte beschönigt werden, weshalb er sich dazu entschied, ohne Umschweife zur Sache zu kommen. «Tamara ist von uns gegangen», sagte er.

Luisa, Giulia und Leandro zuckten erschrocken zusammen. «Ich habe sie vorher tot aufgefunden und hielt es für wichtig, euch umgehend zu informieren», fuhr Markus fort.

Luisa schluckte leer, und Giulia riss sich die Hand vor den Mund. «Das kann nicht sein!», rief sie schockiert.

Markus erwiderte nichts.

«Sie war kerngesund, verdammt noch mal!», rief Leandro und sah seinen Bruder derart grimmig an, als habe er Tamaras Tod zu verantworten.

«Die Gesundheit spielt in diesem Fall keine Rolle, Tamara starb durch äussere Gewalteinwirkung. Sie hat eine grosse Wunde am Hinterkopf, und neben ihr liegt ein Bügeleisen, mit dem sie allem Anschein nach von hinten erschlagen wurde. Das Blut ist sehr frisch, die Tat muss vor wenigen Minuten verübt worden sein», meinte Markus.

Den Anwesenden stockte der Atem. Sie sahen einander an, und alle dachten das Gleiche.

Sie waren ganz alleine auf dem Aldenhorn, niemand ausser ihnen befand sich im Berghotel Bellechasse. Der letzte Zug nach Zermatt war längst abgefahren und hatte alle Touristen zurück ins Tal gebracht.

Luisa schauerte. «Eins ist klar», sagte sie, «einer von uns ist ein Mörder.»

Kapitel 3

Alle sahen einander misstrauisch an. Obschon sie sich seit Jahren kannten, kamen sie einander plötzlich wie Fremde vor. Denn einer unter ihnen hatte ihre Vertraute kaltblütig ermordet und wagte es, nun mit unschuldiger oder geschockter Miene dazustehen. Wie oft hatte Tamara wohl in die Augen ihres Henkers geschaut, ohne zu erahnen, welche Grausamkeit sich dahinter verbarg? Bei der Ankunft im Berghotel Bellechasse hatte Tamara beteuert, dass hier ihre besten Freunde seien. Was war geschehen, dass Tamaras Leben nun ein solch abruptes Ende gefunden hatte?

«Hört zu», durchbrach Markus die unangenehme Stille, «wir müssen Ruhe bewahren. Ja, der Mörder weilt unter uns, doch Panik hilft uns nicht weiter. Trefft alle notwendigen Massnahmen zum Erhalt eurer eigenen Sicherheit. Sobald die Polizei eintrifft, wird der Fall geklärt. Es wird alles gut.»

Alexandra sah Markus bestürzt an. «Der Fall wird geklärt, sobald die Polizei eintrifft? Du weisst schon, dass wir hier eingeschneit sind und die Polizei nicht alarmieren können? Wir haben keinen Kontakt zur Aussenwelt! Meine beste Kollegin ist soeben ermordet worden und wir wissen nicht, auf wen es dieser Mörder sonst noch abgesehen hat! Was, wenn jemand von uns ein Wahnsinniger ist und einer nach dem anderen umbringt?»

Alexandras Augen waren weit aufgerissen und auf ihrer Stirn bildete sich Schweiss. Ihre Stimme zitterte und ihr Gesicht war immer noch blass und kränklich.

«Sie hat schon recht», sagte Stefanie leise an Markus gewandt. «Wegen dem Schneesturm können wir nicht von hier weg. Die Bahn fährt nicht mehr und zu Fuss ist der Abstieg ins Tal viel zu riskant. Wir sind komplett von der Aussenwelt abgeschnitten.»

Tatsächlich waren die Schneedecken, die Lawinengefahr, die tiefen Abhänge und die schwierige Orientierung bei dieser schlechten Sicht unzumutbare Risiken, eine Flucht aus dem Berghotel unter diesen Bedingungen war lebensgefährlich.

«Nein, hört zu», riss Markus nochmals das Wort an sich. «Wir sind eingeschneit, das stimmt. Aber wir kennen uns gegenseitig gut und Tamara stand uns allen sehr nahe. Unzählige Gewaltdelikte geschehen aufgrund von tiefen emotionalen Verletzungen. Wir wissen nicht, warum Tamara verstorben ist, aber wir wissen, dass sie eine enge Beziehung zu ihrem Mörder hatte. Jeder von uns hat seine eigene Geschichte mit Tamara, und eine dieser Geschichten führte zu Tamaras schrecklichem Ende. Es wäre aber falsch, von einem Wahnsinnigen zu sprechen, der uns alle umbringen möchte, denn es gibt keinen Anhaltspunkt für eine solche Vermutung.»

Alexandra zitterte und ihr sonst eher ausdrucksloses Gesicht verzog sich zu einer Fratze. «Ich traue euch nicht mehr. Ich kann niemandem von euch mehr trauen!»

Leandro sah Alexandra entnervt an. «Beruhige dich mal, du wühlst durch dein Verhalten alle auf.»

«Ach ja», rief Alexandra wütend, «das sagst ausgerechnet du. Wie kann man dich noch ernst nehmen? Deinetwegen war Tamara in ihren letzten Stunden völlig aufgebracht und traurig, und das kannst du nie wiedergutmachen!»

«Seid ruhig, ihr beide», sagte Markus rasch und bestimmt. «Wir fühlen uns unter diesen Umständen alle nicht mehr wohl, das ist klar. Aber hört auf Panik zu generieren und einander gegenseitig zu beschuldigen. Wir werden nicht ewig eingeschneit bleiben, und mich dünkt, dass der starke Schneefall bereits ein bisschen nachgelassen hat.»

Alexandra warf einen kurzen Blick durch die glasige Verandatür, doch es schneite unentwegt. Wenn es so weiterging, würden sie noch lange auf dem Aldenhorn verharren müssen.

«Hier oben kommt es nicht selten vor, dass wir völlig von der Aussenwelt abgeschnitten werden», wandte sich Stefanie zu Wort. «Die Zahnradbahn kann nicht fahren, wenn zu viel Schnee auf den Gleisen ist oder Lawinengefahr herrscht. Sogar Zermatt war schon mehrfach komplett von der Aussenwelt abgetrennt und hatte vereinzelte Stromausfälle. 2018 sassen um die zehntausend Touristen fest, was damals für grösseres Aufsehen sorgte. Meistens beruhigt sich die Lage aber innert ein oder zwei Tagen.»

«Innert ein oder zwei Tagen?», wiederholte Alexandra beunruhigt.

«Warum rufen wir nicht einfach die Polizei?», fragte Luisa. «Mit dem Helikopter kann man trotzdem hier landen, nehme ich an.»

Leandro sah Luisa an, als sei sie eine Ausserirdische.

«Hast du es denn nicht kapiert? Wir haben kein Netz!», sagte er aufgebracht, und ein Anflug von Panik schwang in seiner Stimme mit. Er nahm sich ein Shot-Glas, füllte es mit Schnaps und leerte es mit einem Zug hinunter. Luisa kramte ihr Mobiltelefon aus der Hosentasche und tippte mit etwas zittrigen Händen die Notrufnummer der Polizei ein.

«Mist, du hast recht», stellte sie fest und erblasste.

«Eben», sagte Leandro und lief zum Lichtschalter. Er knipste mehrmals auf den Schalter, doch nichts geschah. «Wir haben kein Internet, keinen Strom, kein Telefonnetz und auch sonst nichts. Wir sind mit einer Leiche eingeschneit und können nicht fliehen.»

Markus ignorierte die Worte seines Bruders und fragte Stefanie, ob sie etwas tun könnten. «Ich nehme an, es gibt keinen Notstrom?»

Stefanie schüttelte den Kopf und richtete sich im Stuhl auf. Leise sagte sie: «Dieses Berghotel hatte in den ersten Jahren noch keine Elektrizität, erst seit dem Bau der Zahnradbahn sind wir hier oben mit Strom und Wasser versorgt. Früher heizte man ausschliesslich mit dem Cheminée und der Küchenherd ist bis heute mit Gas betrieben. Wir sind nicht so modern.»

Stefanie wirkte so, als wolle sie sich für die gegebenen Umstände entschuldigen. In ihren Augen bildeten sich Tränen, welche sie sich rasch mit dem Zeigefinger abwischte.

«Also gut», fuhr Markus fort. «Stefanie, Giulia, Alexandra und Luisa, ihr schaltet eure Mobiltelefone vorläufig aus, um Akku zu sparen. Leandro und ich werden in regelmässigen Abständen überprüfen, ob wir wieder ein Telefonnetz haben.»

Luisa nickte.

«Was machen wir mit Tamara?», fragte Leandro seinen älteren Bruder, welcher kurz überlegte.

«Aktuell ist Tamara in der Vorratskammer, und bis zum Eintreffen der Polizei sollte niemand den Tatort betreten. Stefanie wird den Raum abschliessen, okay?»

Niemand traute sich zu bemerken, dass Markus selbst den Tatort bereits betreten hatte und sogar seinen blutgetränkten Pullover im Raum liegen gelassen hatte.

«Ich werte das Schweigen als Zustimmung», sagte Markus trocken. «Stefanie, nachdem du das Zimmer abgeschlossen hast, reichst du Leandro den Schlüssel. Er wird ihn sicher bei sich aufbewahren, denn mein Bruder ist der Stärkste. Ausserdem war Tamara seine Lebenspartnerin. Oder gibt es dagegen irgendwelche Einwände?»

Wieder reagierte niemand auf die Frage, es gab weder Widersprüche noch Kopfnicken. Es ging ihnen alles viel zu schnell, sie konnten Markus mit ihren Gedanken nicht richtig folgen. Der Schock sass zu tief.

«Ich schlage vor, dass wir uns um 18 Uhr hier zum Nachtessen treffen», fuhr Markus fort. «Wer einen Schnaps braucht, soll sich einen nehmen.»

Leandro nahm sich einen weiteren Schnaps und leerte ihn mit ausdrucksloser Miene herunter.

Markus beäugte seinen jüngeren Bruder besorgt. «Nur einen Moment, ich komme gleich wieder», meinte er an ihn gewandt und verliess zusammen mit Stefanie den Raum, um die Vorratskammer abzuschliessen. Der Schlüssel steckte noch im Schloss, wie Markus erst jetzt bemerkte. Als Stefanie einen letzten Blick auf Tamara warf und danach möglichst rasch die Tür zuzog, war sie leichenblass.

Sie drehte den Schlüssel um und reichte ihn Markus. «Hier, es gibt für die Vorratskammer keinen zweiten Schlüssel.»

«Danke Stefanie. Ich werde ihn Leandro gleich geben.»

Während Markus zurück in den Speisesaal lief, ging Stefanie zurück in ihr Privatzimmer. Auf dem Korridor hörte sie, wie die Schlüssel zu den einzelnen Hotelzimmern umgedreht wurden: Die meisten Hotelgäste hatten sich offenbar ebenfalls in ihre Zimmer zurückgezogen. Auch Stefanie schloss ihren Raum vorsichtshalber ab und legte sich erschöpft auf ihr Bett. Sie sah schrecklich mitgenommen aus und wirkte mit ihrer knochigen Figur und dem fahlen Gesicht nahezu krank. Ihre Wangen waren eingefallen und ihre grossen Augen lagen tief, die Knochen standen hervor und liessen sie äusserst zerbrechlich wirken. Stefanie kannte Tamara seit fünfundzwanzig Jahren, nun hatte die Freundschaft ein abruptes Ende gefunden. Die Familie Koch hatte früher regelmässig Wanderferien in Zermatt verbracht, und da sie im Berghotel Bellechasse übernachteten, freundete sich Stefanie Tobler schnell mit Tamara und deren Schwester Giulia an. Das Jahr durch pflegten Tamara und Stefanie eine Brieffreundschaft und freuten sich jeweils auf die langen Sommerferien, in denen sie sich wiedersahen. Trotz der örtlichen Distanz blieben sie Freunde und hielten den Kontakt auch im Erwachsenenalter. Sie waren enge Vertraute, telefonierten oft miteinander und besuchten sich regelmässig. Es war nicht zu glauben, dass Tamara nun für immer gegangen war.

Reglos lag Stefanie auf dem Bett, die traurigen Augen starr auf die Zimmerdecke gerichtet. Als sie an der Tür ein Klopfen hörte, zuckte sie erschrocken zusammen.

«Wer ist da?», rief Stefanie mit leiser, schwacher Stimme.

«Ich bin es, Giulia!»

Etwas erstaunt stand Stefanie von ihrem Bett auf, drehte den Schlüssel um und öffnete Giulia die Tür. Giulias Augen waren gerötet und die Schultern eingefallen.

«Was gibt es, Liebes?», fragte Stefanie und bat Giulia mit einer Handbewegung in ihr spärlich eingerichtetes Zuhause. Ein weisses Zweiersofa, ein Salontisch, ein antiker Holzschrank, ein Bett und eine Nachttischkommode waren alles, was Stefanie zum Leben brauchte.

Sie schlossen die Tür und setzten sich mit betretenen Gesichtern auf das Sofa. «Ich bin so schrecklich durcheinander», sagte Giulia.

«Ich doch auch», meinte Stefanie und drückte Giulia an sich. Beide liessen ihren Tränen freien Lauf.

Als sie sich nach einer Weile aus der Umarmung lösten, sagte Giulia: «Was Markus vorhin gesagt hat, stimmte mich nachdenklich.»

«Was denn?», fragte Stefanie und reichte Giulia ein Taschentuch.

«Dass jeder von uns seine eigene Geschichte mit Tamara hatte und dass eine dieser Geschichten dazu führte, dass sie starb.»

Vorsichtig tupfte sie sich die Tränen aus den Augen. Die Wimperntusche und der untere Lidstrich waren komplett verschmiert, ein schwarzer, wässriger Strich zog sich über ihre Wange.

«Ich kenne Tamara seit dem ersten Tag meines Lebens», fuhr Giulia fort. «Ich möchte wissen, wer ihr dies angetan hat. Es kann doch nicht sein, dass sich all dies vor unseren Augen abspielte und wir nichts realisierten! Wir sind eine kleine Truppe und kennen einander alle gut...»

Stefanie nickte. «Ich weiss. Ich kann das alles noch nicht wahrhaben. Wir sind doch alle Tamaras Vertraute, wie konnte so etwas passieren?»

«Das frage ich mich auch…»

Stefanie legte den Kopf etwas schräg und überlegte. Sie öffnete den Mund, als wolle sie etwas sagen, schloss ihn dann aber wieder. Sie atmete hörbar ein, befeuchtete ihre Lippen, betrachtete Giulia aufmerksam und startete nochmals einen Versuch um die Frage zu stellen, die ihr schon so lange auf der Zunge brannte. «Eines musst du mir erklären», sagte Stefanie langsam, «warum hast du ausgerechnet etwas mit dem Partner deiner Schwester angefangen?»

Giulia sah traurig aus. «Steffi, bitte... Lassen wir das. Ich ertrage es nicht, darüber zu reden. Ich habe Tamara damit fürchterliche Wunden zugefügt, die niemals heilen konnten. Ich wollte das nicht, wirklich nicht!»

Stefanie runzelte die Stirn. «Wenn du es wirklich nicht gewollt hättest, hättest Du es gelassen.»

Giulia begann erneut zu weinen. «Das habe ich anfangs versucht. Nachdem Tamara mit Leandro zusammenkam, traf ich ihn regelmässig bei meinen Eltern oder bei Tamara Zuhause. Wir haben uns von Anfang an sehr gut miteinander verstanden, spannende Gespräche geführt und zusammen gelacht. Wenn ich ihn sah, begann mein Herz zu klopfen, und je mehr ich gegen meine aufkommenden Gefühle ankämpfte, desto stärker wurden sie. Es war unglaublich hart, meine Sehnsüchte zu ignorieren, aber ich tat es für Tamara.»

Stefanie hatte die Stirn kaum merklich gerunzelt und beäugte Giulia äusserst skeptisch.

«Und dann? Warum hast du deinen Bedürfnissen doch nachgegeben?», fragte Stefanie.

Giulia senke den Kopf und rieb sich mit den Händen am Nacken. «Es war schwierig. Ich träumte von Leandro und wurde halbwegs wahnsinnig, ich ertrug die ganze Situation nicht mehr. Leandro erging es ähnlich, deshalb konnte er Tamara nicht die Aufmerksamkeit entgegenbringen, die sie verdient hatte. Er vernachlässigte sie immer mehr, und beide wurden unglücklich. Als Leandro eines Tages über den Durst getrunken hat, offenbarte er mir seine Gefühle und dass er hoffte, dass Tamara ihn bald verliess. Von da an begannen wir uns regelmässig zu treffen, obschon mich die Schuldgefühle nicht losliessen.»

«Aber warum wartete Leandro darauf, bis Tamara ihn verliess? Er hätte sie auch von sich aus verlassen können», meinte Stefanie aufmerksam.

Giulia seufzte tief. «Nein, Leandro konnte Tamara nicht von sich aus verlassen. Die Situation war sehr kompliziert, denn die Beziehung zwischen Leandro und mir wird von der Gesellschaft nicht akzeptiert. Da ich die Schwester von Tamara bin, ist es eine verbotene Liebe, die den Hass meiner ganzen Familie erzürnte, sollte unsere Geschichte jemals auffliegen.»

Giulia schloss kurz die Augen und nahm einen tiefen Atemzug. «Leandro wollte Tamara nicht verlassen. Er wollte, dass sie ihn verliess. Nur so konnten wir später eine gemeinsame Zukunft aufbauen, ohne uns Vorwürfe anhören zu müssen.»

Stefanie lehnte sich etwas im Sofa zurück. «Aber euer Plan ging nicht auf. Tamara verliess Leandro nicht, obschon ihr sehnlichst darauf gewartet habt», führte Stefanie Giulias Erzählung weiter.

Giulia nickte. «Genau, Tamara hat ihn nicht verlassen, obwohl sie komplett aneinander vorbei lebten und keine Liebe füreinander empfanden.»

Stefanie betrachtete Giulia nachdenklich und fuhr sich mit dem Zeigefinger über das Kinn. Es war interessant, die Geschichte aus einer anderen Sichtweise zu hören.

«Dann kam euch Tamaras Tod nicht ganz ungelegen», sagte Stefanie so leise, dass Giulia sie nicht verstand.

«Wie bitte?»

«Ach nichts, ich habe nur laut gedacht. Wie sah euer weiterer Plan aus? Hättet ihr gewartet, bis Tamara Leandro eines Tages doch noch verlassen hätte?»

Giulia zuckte die Schultern. «Ich denke schon. Tamara war eine bildhübsche Frau, der die Männer massenweise zu Füssen lagen. Warum sollte sie in einer unglücklichen Beziehung verharren, wo sie doch so viele Möglichkeiten für neues Glück besass?»

«Mhm. Vielleicht wollte Tamara niemand anderen als Leandro», warf Stefanie ein, doch Giulia schüttelte vehement den Kopf.

«Leandro war für Tamara nur eine Trophäe, sie wollte ihn wegen seines Aussehens und nie wirklich wegen seinen Charaktereigenschaften. Deshalb war es für mich so hart, das Schicksal zu akzeptieren und für Tamara auf Leandro zu verzichten.»

Stefanie entgegnete nichts.

«Seit wann wusste Tamara eigentlich, dass Leandro und ich uns treffen?», fragte Giulia leise, worauf hin Stefanie kurz nachdachte.

«Hm, soweit ich mich erinnere hat sie es einen Tag nach Weihnachten erfahren.»

Giulia schluckte leer. Weihnachten lag inzwischen knapp drei Wochen zurück.

Stefanie zögerte, bevor sie weitersprach. «Als Tamara von eurer Affäre erfuhr, ging es ihr schlecht und ich wusste, dass sie mich brauchte. Doch ich konnte hier nicht weg, im Hotel herrschte Hochbetrieb und meine Aushilfe war in den Ferien. Deshalb schlug ich Tamara vor, dass sie hierherkommen sollte, schliesslich hatte sie zwischen Weihnachten und Neujahr einige Tage frei. Die Ruhe und die Landschaft des Aldenhorns haben ihr schon immer gutgetan, und ich wollte sie auf andere Gedanken bringen.»

Stefanie überkreuzte die Beine und legte die Hände in den Schoss, ehe sie fortfuhr. «Ich wollte nicht, dass Tamara etwas überstürzt. Hier im Berghotel konnte sie die Konsequenzen gut überdenken und sich fassen, bevor sie mit dir und Leandro das Gespräch suchte. Ich merkte wie ihr die Auszeit in den Bergen guttat und sie stärkte. Tamara lachte wieder, konnte besser schlafen und hatte wegen der vielen Arbeit keine Zeit, den ganzen Tag über Leandro nachzudenken. Sie blühte auf. Doch kaum neigte sich ihr Aufenthalt dem Ende zu, versank sie wieder in ihre tiefe Traurigkeit.»

Giulia biss sich auf die Lippen und hielt die Tränen zurück. «Aber warum hat Tamara nicht mit uns über die Dreiecksbeziehung gesprochen, als sie von den Bergen zurückkam?», fragte sie traurig.

Stefanie atmete schwer aus. «Das ist eine gute Frage, Liebes. Tamara hatte durchaus vor, mit euch zu sprechen, doch letztendlich fürchtete sie sich zu sehr vor der Wahrheit. Sie verdrängte das Geschehene aus Angst, das gute Verhältnis mit dir und Leandro für immer zu ruinieren. Lieber belog sie sich selbst, als dass sie sich die Wahrheit eingestand und mit Leandro einen Schlussstrich zog. Sie lebte weiter, als sei nichts geschehen, obwohl dies unglaublich viel Kraft abverlangte.»

Giulia lauschte der Erzählung aufmerksam. «Ich fühle mich so schrecklich», sagte sie leise. «Ich wollte meine Schwester nie verletzen. Ich weiss, dass ich etwas Unverzeihliches getan habe, aber das zwischen Leandro und mir war so stark...»

Stefanie legte ihren Arm um Giulia. «Liebes, mache Dir keine Selbstvorwürfe, das bringt uns nicht weiter. Was geschehen ist, ist geschehen. Wir müssen jetzt stark sein, um diese schwierige Phase zu überstehen. Wir haben Tamara alle geliebt und ihr Verlust wird mir mein Leben lang zu schaffen machen. Tamara war meine beste Freundin und deine einzige Schwester. Belaste dich nicht zusätzlich mit Vorwürfen, das macht dich nur kaputt.»

«Du hast recht, Steffi. Wir müssen nach vorne schauen.»

Stefanie lächelte Giulia aufmunternd an. Giulia zögerte einen Moment, dann wandte sie ein: «Aber irgendwie lässt es mir doch keine Ruhe. Du sagst, dass Tamara Angst vor der Wahrheit hatte und befürchtete, dass die Beziehung zwischen uns für immer kaputt gegangen wäre. Aber ich verstehe das nicht. Ich kenne Tamara schon mein ganzes Leben lang. Tamara war stets direkt und ehrlich. Warum sollte sie mich nicht konfrontieren und mir erzählen, was sie herausgefunden hatte? Klar, hätte es heftige Diskussionen gegeben, aber ich wünschte ich hätte Gelegenheit gehabt, ihr alles aus meiner Sicht zu erklären und um mich zu entschuldigen. Denn dafür ist es nun für immer zu spät.»

Giulia wirkte mit ihren hellen Augen und dem klaren Blick gefasst.

«Ja, ich verstehe, dass du dir diese Gedanken machst», meinte Stefanie. «Normalerweise sprach Tamara alles an. Aber hier ging es um mehr als um einen kleinen Streit. Es ging um ihr Leben, um die beiden Personen, die ihr am meisten bedeuteten und die sie so sehr liebte. Sie war unglaublich verletzt, sodass ich sie kaum wiedererkannte. Die sonst so starke, selbstbewusste Tamara war nur noch ein Häufchen Elend. Sie hatte schlicht die Kraft nicht, euch damit zu konfrontieren. Ich konnte es selbst kaum glauben, aber Tamara war lieber die betrogene Partnerin, als dass sie ihre Schwester und ihre grosse Liebe für immer verlieren sollte. Ihre Liebe zu euch war noch viel stärker als die Verletzung, die ihr Tamara zugefügt habt.»

Bei diesen Worten begann Giulia wieder zu weinen, und sie begrub das Gesicht in den Händen. «Ich fühle mich so schlecht», schluchzte sie leise. «Ich hätte ihr dies niemals antun dürfen».

Stefanie erwiderte nichts. Sie nahm eine Teetasse vom Beistelltisch und reichte sie Giulia. «Der Tee ist inzwischen kalt, ich habe ihn hier versehentlich stehen lassen. Aber er stärkt dich, trink ihn.»

Giulia gehorchte folgsam. Dann sah sie zu Stefanie auf und fragte: «Erzähl mir bitte... Wie hat Tamara dies zwischen mir und Leandro herausgefunden? Was ist damals genau passiert?»

Stefanie zögerte einen Moment. Es fühlte sich ausgesprochen seltsam an, mit Giulia darüber zu reden. Ausserdem wusste Stefanie nicht, ob Giulia in der richtigen Verfassung war, sich diese Geschichte anzuhören. Andererseits hatte sie ein Recht auf die Wahrheit. So begann Stefanie zu erzählen.

Kapitel 4

Es war der letzte Tag vor Heiligabend, und ein eisiger Wind blies durch Zürichs Strassen. Die Leute zogen sich ihre dicken Schals und Mützen tiefer ins Gesicht und beschleunigten ihren Laufschritt. Die Strassen waren nass vom Schneeregen des Vormittags. Alle Welt schien in der Stadt zu sein und noch im letzten Moment Weihnachtsgeschenke zu kaufen. Es war ein regelrechtes Gedränge vor den Einkaufsmärkten, und jeder wollte möglichst schnell wieder aus diesem Rummel herauskommen. Tamara hoffte, beim Einkaufen Inspirationen zu finden, doch das Gedränge machte ihr zu schaffen. Deshalb blieb Tamara gleich beim Eingang stehen, wo mehrere aufgestylte Verkäuferinnen mit aufgezwungenem Lächeln Parfümflaschen präsentierten. Kurzentschlossen kaufte sie einen Herrenduft, ehe sie wieder nach draussen flüchtete. Mit den öffentlichen Verkehrsmitteln hatte sie ungefähr dreissig Minuten zurück nach Hause und staunte, als sie von der Busstation aus das brennende Licht in ihrer Wohnung bemerkte. War Leandro Zuhause? Er hatte doch gesagt, dass er sich mit Tim verabredet hatte. Leandro traf sich in letzter Zeit oft mit Kollegen, und an den Wochenenden leistete er Überstunden für sein Geschäft. Tamara und Leandro hatten kaum Zeit füreinander, jeder ging nur noch seinen eigenen Interessen nach. Sie lebten in den gleichen Räumen, aber in unterschiedlichen Welten. Die wenigen Abenden, die sie in Zweisamkeit verbrachten, sassen sie vor dem Fernseher und redeten kaum.

Auch körperlich hatten sie minimalen Kontakt zueinander. Tamara beschlich schon länger ein ungutes Gefühl, und sie befürchtete, dass Leandros Treffen mit seinen Kollegen nur Vorwände waren und er sich stattdessen mit anderen Frauen verabredete. Sie erzählte ihren Kolleginnen von ihren Bedenken, doch Alexandra hatte nur gemeint, dass sie nicht immer vom Schlimmsten ausgehen solle und sich bestimmt alles klären würde. Stefanie hatte Tamara geraten, mit Leandro zu sprechen und ihre Bedenken zu äussern. Sie solle ihm sagen, dass sie gerne mehr Zeit mit ihm verbringen würde und sich aktuell vernachlässigt fühle. Aber Leandro wich Tamaras Gespräch aus und meinte, es sei alles in Ordnung und er verhalte sich nicht anders als sonst, er habe einfach im Moment nicht viel Zeit für sie. Doch Tamaras Misstrauen wuchs und ihr fiel auf, dass Leandro neuerdings das Handy permanent bei sich trug, fast so, als befürchtete er, Tamara würde es überprüfen. Geschürt von dem Misstrauen nahm sie es eines Nachts tatsächlich an sich, konnte es aber wegen dem kürzlich abgeänderten Code nicht entsperren. Tamara stand immer noch an der Bushaltestelle, als sie den Entschluss fasste, Leandro zu beschatten. Sie lief zur Wohnung und zitterte leicht, als sie den Schlüssel umdrehte. «Ich muss nochmals los, ich habe etwas vergessen», rief sie Leandro zu und stellte ihre Einkaufstasche auf die weisse Kommode beim Eingang. Sie öffnete die oberste Schublade und griff nach ihrem Autoschlüssel, als Leandro ihr antwortete, er sei erst abends wieder zurück.

«In Ordnung», rief Tamara, «bis abends.»

Eilenden Schrittes verliess sie die Wohnung und holte ihren blauen VW Golf aus der Tiefgarage. Sie hatte noch nie jemanden beschattet, und das Herz schlug ihr bis zum Hals. Nervös fuhr sie sich durch ihr blondes Haar und ging ihren Plan im Kopf durch. Sie musste sich verstecken, Leandro durfte sie auf keinen

Fall erwischen. Sie stieg in das Auto, drehte den Zündschlüssel um und fuhr vorsichtig nach draussen um die nächste Hausecke, von der aus Leandro sie nicht sehen konnte. Tamara versuchte tief ein- und auszuatmen, wie bei ihren wöchentlichen Yoga-Lektionen. Sie blickte immer wieder nervös in den Seitenspiegel und umklammerte das Lenkrad mit einem festen Griff.

Die Minuten vergingen und Tamara hatte jegliche zeitliche Orientierung verloren. Sie zuckte immer zusammen, wenn sie im Rückspiegel jemanden aus der Garagenfahrt herauskommen sah. Dann, nach einer gefühlten Ewigkeit, fuhr Leandro mit seinem weissen Audi nach draussen. Tamara nahm einen tiefen Atemzug und umklammerte ihr Lenkrad mit beiden Händen. Sie beobachtete, wie Leandro rechts abbog, und fuhr ihm mit einem beachtlichen Abstand hinterher.

Die Verfolgung stellte sich als ziemlich schwierig heraus. Um nicht entdeckt zu werden, liess Tamara einige Autos hinter Leandro fahren und verlor ihn dabei beim ersten Kreisel fast aus den Augen. Danach fuhr sie ihm etwas dichter auf. Er fuhr Richtung Stadtmitte. Tamara fluchte laut, als Leandro vor ihr bei orange über die Ampel fuhr und sie an der Kreuzung stehen bleiben musste. Sie streckte sich im Sitz, konnte von hier aus aber nicht besonders viel sehen. Sie hatte den Fuss schon auf dem Gas, als sie feststellte, dass zuerst noch eine andere Ampel grün wurde. Tamara schlug mit der Faust wütend aufs Lenkrad und fluchte. Als sie endlich losfahren konnte, fehlte von Leandro jede Spur.

Den Heiligabend verbrachten Tamara und Leandro wie jedes Jahr bei Tamaras Eltern Sarah und George. Die Eltern hatten eine Rottanne gekauft und diese so dicht mit Kugeln und Kerzenimitationen geschmückt, dass vom Baum selbst nicht mehr viel zu erkennen war. Das Filet im Teig war bei allen sehr beliebt, nur Tamara ass etwas weniger als sonst, wie den strengen Augen ihrer Mutter nicht entgangen war.

«Tamara, bist du krank?», fragte sie besorgt, als Tamara kein zweites Stück ass.

Tamara grinste.

«Nur weil ich keine drei Portionen esse, denkst du gleich es geht mir nicht gut, ja?», fragte sie scherzend.

Sarah Koch zog die Augenbrauen hoch und zuckte mit den Schultern. «Leandro, du nimmst bestimmt noch ein Stück, schliesslich brauchst du Proteine für deine Muskeln.»

Ehe Leandro antworten konnte, befand sich ein zweites Stück vom Filet in seinem Teller. Die Familienmitglieder begannen unbeschwert miteinander zu reden, und als Tamaras Vater George mit Leandro über Aktienkurse zu sprechen begann, klinkten sich Giulia und Tamara aus dem Gespräch aus.

«Ich habe gestern ein sehr gutes Buch fertig gelesen», begann Tamara ihrer Schwester zu erzählen.

«Was, du und lesen?», fragte Giulia kichernd und nahm einen grossen Bissen vom Spinat. Tamara drehte sich auf ihrem Stuhl zu Giulia um.

«Dieses Buch ist der Wahnsinn. Es geht um einen amerikanischen Kriegsveteranen, welcher über die Ereignisse im Iran berichtet. Ich bin sonst kein Fan von Biografien und historischen Geschichten, aber dieses Buch muss man einfach lesen.»

«Ja, das klingt spannend, ich leihe es gerne aus.»

Als alle fertig gegessen hatten, wandte sich Sarah an ihre Töchter und schlug vor, im Wohnzimmer Geschenke auszupacken. Wie jedes Jahr hatten sie einander reichlich beschenkt, Tamara füllte einen ganzen Papiersack mit ihren Präsenten. Trotz heftigem Widerstand von George sangen sie gemeinsam Weihnachtslieder und genossen die Stunden, welche sie gemeinsam als Familie

miteinander verbrachten. Es war ein sehr schöner Weihnachts-
tag, an welchen sie sich noch Jahre später zurückerinnern sollten.

Da Tamara am Tag nach Weihnachten frei hatte und Giulia in
ihrer Nähe wohnte, fuhr sie nach den Festtagen mit dem Bus zu
Giulias Wohnung, um ihr das Buch des Kriegsveteranen vorbei-
zubringen. Giulia wohnte inmitten der Stadt, deshalb wollte
Tamara den kleinen Ausflug mit einer Einkaufstour verbinden.
Tamara legte das Buch gerade in Giulias Briefkasten, als sie eine
alte Frau die Treppen hochlaufen sah. Die Schritte der Dame waren langsam und beschwerlich, unsicher hielt sie sich mit der linken Hand am Treppengeländer fest. In der rechten Hand hielt sie
eine grosse Einkaufstüte, die ziemlich schwer sein musste.
«Warten Sie, ich helfe ihnen!», sagte Tamara, schloss den Brief-
kastendeckel und eilte der älteren Dame zur Hilfe.
«Oh, das ist lieb von ihnen, vielen Dank.»
Die ungefähr achtzigjährige Frau blieb stehen und stellte die Einkaufstasche auf dem Boden ab. Tamara nahm ihn auf und stützte
die Frau, bis sie das obere Ende des Treppenabsatzes erreicht hatten.
«Sie sind Giulia Kochs Schwester, nicht wahr?», fragte die
weisshaarige Frau, und Tamara war sichtlich überrascht, dass sie
sich an sie erinnerte. Sie waren sich schon einige Male im Trep-
penhaus begegnet, aber Tamara erinnerte sich nur vernebelt an
einige Gesprächsfetzen.
«Ja, ganz genau», sagte Tamara freundlich.
«Ich bin alt, aber noch ziemlich rüstig!», sagte die Frau stolz. Auf
flachem Terrain war sie zu Fuss deutlich besser unterwegs. Sie
kramte ihren Schlüssel aus ihrer Jackentasche hervor und öffnete
die Eingangstür des Mehrfamilienhauses.

«Ich wohne gleich im Erdgeschoss», meinte sie, und Tamara warf einen kurzen Blick auf das Namensschild bei der Klingel. «Maria Fernandez», stand darauf.

«Lassen Sie mich Ihnen einen Kaffee oder einen Tee anbieten!», bat Maria, doch Tamara lehnte dankend ab. Sie habe nur kurz ihrer Schwester etwas abgeben wollen, nun müsse sie noch einige Erledigungen in der Stadt machen. «Ach kommen Sie, Sie werden doch fünf Minuten Zeit für eine alte Frau finden.»

Es war schwierig, Maria Fernandez zu widersprechen, und so folgte Tamara der alten Dame etwas zögerlich in die Wohnung. Aus der Küche drang der Geruch von Thunfisch, und Tamara erhaschte einen kurzen Blick in das chaotische Zimmer. Der Abwasch war schon länger nicht mehr gemacht worden, und der Boden war dreckig und verklebt.

«Kommen sie ins Wohnzimmer, bitte. Die Küche ist nicht aufgeräumt, an den Weihnachtstagen war zu viel los.»

Maria Fernandez bat Tamara, sich zu setzen, und brachte ihr einen Kaffee. Sie wartete, bis Tamara den ersten Schluck getrunken hatte, und begann dann zu erzählen. «Ihr Freund ist dieser Muskelprotz mit den braunen Haaren und der grossen Statur, nicht wahr? Ich sah Sie jeweils zusammen in den Fahrstuhl steigen.»

Tamara nickte und realisierte, wie sich ihr Puls beschleunigte. Warum sprach diese fremde Frau sie auf Leandro an?

«Es geht mich eigentlich nichts an, wissen Sie… Aber ich finde, Sie sollten die Wahrheit wissen.»

Tamara sah die ältere Frau mit beunruhigter Miene an.

«Was ist die Wahrheit?», fragte sie mit zittriger Stimme.

Maria Fernandez zögerte. «Ihr Freund besucht Giulia sehr oft… Die Beiden haben ein Verhältnis miteinander.»

Tamara wurde kreideblass, ihr Atem stockte. «Leandro betrügt mich mit meiner Schwester?», fragte sie mit erstickter Stimme, und die alte Dame bejahte die Frage leise. Tamara nahm ihr

Smartphone zur Hand und suchte ein Foto von Leandro hervor. Sie musste ziemlich weit nach unten scrollen, bis sie fündig wurde. Lässig stand Leandro an eine Wand gelehnt, wobei seine Pose mit dem angewinkelten Knie und den Händen in den Hosentaschen an ein professionelles Model erinnerte.

«Sie meinen diesen Mann, ja?», fragte Tamara und zeigte Maria das Foto.

«Ja... Es tut mir so leid.»

Maria Fernandez griff nach Tamaras Händen und tröstete sie mit lieben Worten, doch Tamara hörte nicht zu. Ihr Körper war wie erstarrt und es dauerte einige Minuten, bis sie die Fassung wiedererlangte.

«Sie sind sich sicher, dass die Beiden etwas miteinander haben und es sich nicht um Höflichkeitsbesuche handelt, ja?», fragte sie nach.

Maria Fernandez nickte. «Sie halten Händchen und ... Ach, ich verschone Sie mit Details. Aber ja, ich bin mir meiner Sache sicher, sonst hätte ich Sie nicht damit belästigt.»

Tamaras Blick war eiskalt. «Vielen Dank für Ihre Ehrlichkeit, Frau Fernandez»

«Ich wollte es Ihnen schon lange sagen, aber ich sah sie kaum mehr. Wollen Sie nicht noch den Kaffee fertig trinken? Ich kann sie so nicht gehen lassen!»

Aber Tamara hatte sich bereits vom Sofa erhoben und lief auf den Gang hinaus, wo sie ihren Mantel aufgehängt hatte. «Ich verkrafte das schon», sagte Tamara, «was einen nicht umbringt, macht einen stärker, nicht wahr?»

Maria Fernandez zögerte. «Passen Sie auf sich auf, bitte.»

Kaum war die Haustür von Maria Fernandez ins Schloss gefallen, rannte Tamara weinend nach draussen und lief, bis sie keine Kraft mehr hatte. Sie wollte nicht nach Hause, denn was, wenn sie dort auf Leandro stiess? Als sie bei einem Park angekommen *war, liess sich Tamara erschöpft auf eine Bank nieder. Tränen tropften auf ihr Smartphone, als sie Stefanies Nummer wählte.*

«Steffi, du glaubst nicht was ich soeben erfahren habe! Mir geht es so schlecht, am liebsten würde ich jetzt sterben», begann sie zu erzählen.

«Was? Ganz langsam, Liebes, ich weiss nicht worum es geht. Bitte erzähle mir alles der Reihe nach.»

Tamara schluchzte laut und fuhr sich mit dem Handrücken über die Wangen. Ein Fussgänger mit einem Hund sah besorgt zu ihr hin, lief aber kommentarlos weiter.

«Giulias Nachbarin hat mir erzählt, dass Giulia und Leandro eine Affäre haben. Ich weiss nicht, was ich tun soll.»

«Was? Mit Giulia, deiner Schwester? Das kann doch nicht sein! Bist du dir sicher, dass das stimmt?», fragte Stefanie entsetzt.

«Ja, ich bin mir ganz sicher, die Nachbarin hat Leandro auf einem Foto wiedererkannt. Er betrügt mich mit meiner eigenen Schwester, verstehst du? Gibt es etwas Grausameres als das?»

Mit diesen Worten schloss Stefanie ihre Erzählung.

«Ich versuchte Tamara aufzuheitern. Es ging ihr sehr schlecht, und sie wollte weder dich noch Leandro sehen. Deshalb ist sie noch am gleichen Tag zu mir in die Berge gekommen.»

Giulia wischte sich weitere Tränen aus den Augen. «Danke Steffi, dass du immer für Tamara da warst und sie in solchen Situationen unterstützt hast», meinte Giulia leise.

«Dafür sind Freunde da. Ich war froh, dass es ihr bald etwas besser ging. Aber als sie zurück nach Zürich fuhr, holte Tamara die Realität wieder ein, und ich konnte ihr nicht helfen. Als sie an der Geburtstagsfeier die Bombe platzen liess, war ich irgendwie erleichtert, denn ich dachte, dass es ihr danach besser ginge. Das ganze Versteckspiel hat sie innerlich kaputt gemacht.»

«Oh Mann. Tamara hätte eine bessere Schwester als mich verdient.»

«Rede keinen Unsinn», sagte Stefanie bestimmt und strich Giulia über den Arm. «Du hast jetzt sehr viel zu verarbeiten, es ist für uns alle eine sehr schwierige Zeit. Vielleicht hilft auch dir dieser Ort, um Kraft zu tanken. Versuche es zumindest und sei nicht zu hart zu dir selbst. Du kannst nicht mehr zurück, was geschehen ist, ist geschehen.»

Kaum hatte Stefanie dies gesagt, hörten sie Leandro mit lauter und aufgeregter Stimme nach ihnen rufen. Er polterte mit der Faust gegen die Türen und befahl allen, sofort aus ihren Räumen zu kommen. Stefanie und Giulia blickten sich ängstlich an. Was war geschehen?

Kapitel 5

Während dem Gespräch von Stefanie und Giulia befand sich Luisa in ihrem Hotelzimmer und versicherte sich gleich zwei Mal, ob der Schlüssel des Schlafzimmers auch wirklich umgedreht war. Sie wollte sich nicht von der Stelle rühren, ehe Markus vom Speisesaal zurückkam. Langsam lief sie zum Fenster und beobachtete die dicken Schneeflocken. Der Wind blies laut durch die Fensterritze und klapperte gegen die morschen Fensterläden. Falls jemand von aussen in das Zimmer einbrechen wollte, war dies auch ohne handwerkliches Geschick ein einfaches Unterfangen. Luisa schauerte bei diesem Gedanken und bereute es mehr denn je, Tamaras Einladung hierher gefolgt zu sein. Auf der Suche nach Ablenkung kramte sie aus ihrer Reisetasche ein dickes Buch, legte sich auf das frisch bezogene Bett und begann zu lesen. Es war etwas schwierig, sich unter den gegebenen Umständen auf die Geschichte einzulassen, doch das Buch war ausserordentlich spannend und brachte Luisa die erhoffte Ablenkung. Sie verschlang Seite für Seite und verdrängte, wo sie sich zurzeit befand. Als Luisa gerade an einem besonders spannenden Punkt angelangt war und die Protagonistin in eine wilde Verfolgungsjagd verstrickt wurde, hörte Luisa Leandro durch die Gänge schreien.

«Kommt alle her, sofort!»

Luisa erschrak und fragte sich, was vorgefallen war. Ihr Zimmer wollte sie auf keinen Fall verlassen. Sie versuchte sich wieder auf das Buch zu konzentrieren, doch dies war in der ganzen Aufregung unmöglich. Sie las den gleichen Satz zum dritten Mal, als jemand gegen ihre Tür polterte. Luisa zuckte zusammen. Sie hatte nicht vor, die Tür für jemand anderen als ihren Mann zu öffnen. Sie beherrschte zwar diverse Kampftechniken und konnte sich bestens verteidigen, aber sie wollte sich nicht unnötig in Gefahr begeben.

Luisa legte das Buch zur Seite und blickte auf ihre Armbanduhr. Es war kurz nach 17 Uhr, also noch keinesfalls Zeit für das Abendessen. Warum sollte sie schon jetzt aus dem Zimmer herausgehen? Sie öffnete das Buch wieder, machte es sich nochmals bequem und startete einen neuen Versuch.

Zwanzig Sekunden später hörte sie Leandros Faust gegen die Tür des Nachbarzimmers hämmern.

«Giulia, komm raus», rief er laut.

Luisa lief zur Tür und kniete sich hin. Sie schielte durch den Türspalt hindurch und sah, wie Markus mit verschränkten Armen vor Leandros Zimmertür stand.

In diesem Moment kamen Stefanie und Giulia von der anderen Seite des Flurs auf Leandro und Markus zugelaufen. Auch Alexandra öffnete die Tür und trat vorsichtig in den Korridor hinaus.

«Luisa!», rief Leandro und hämmerte mit einer unkontrollierten Kraft gegen die Zimmertür. Luisa schnellte vom Boden hoch, strich sich hastig durch ihre zerzausten Haare und schloss die Zimmertür auf.

«Was ist denn?», fragte sie und blickte in die Runde. Sie hatte keinen Schritt über die Türschwelle gemacht und hielt die Klinke der Zimmertür noch immer in der Hand.

«Schaut doch», rief Leandro und kickte mit dem Fuss die Tür seines Schlafzimmers auf.

Luisa stockte der Atem. Koffern waren durchwühlt, Schubladen aufgerissen und Klamotten im ganzen Zimmer verteilt, es war ein einziges Chaos.

«Ist jemand in das Zimmer eingebrochen?», fragte sie mit schnell pochendem Herzen und trat vorsichtig vor.

Ihr Blick schweifte durch das Zimmer. Bei näherem Betrachten sah man auf dem Holzboden mehrere kleine, dunkle Flecken.

«Ist das Blut?», fragte Alexandra hysterisch, wobei ihre Stimme deutlich höher klang als üblich.

Vorsichtig trat Alexandra einen Schritt zurück und sah jeden einzelnen der Gruppe an. Ihr Atem ging schneller, und ihre Nasenflügel bebten.

«Ihr macht mir Angst», schrie sie, «ihr alle!»

Stefanie wollte ihr beruhigend die Hand auf die Schultern legen, doch Alexandra schüttelte sie ab. «Bleibt weg von mir! Ich verschwinde und bleibe solange im Hotelzimmer, bis die Bullen mich retten!»

Sie wollte loslaufen, doch Leandro hielt sie zurück. Alexandra zappelte und schrie. «Spinnst du? Lass mich los, ich will alleine sein!»

Sie schwitzte stark und war den Tränen nahe.

«Lass sie los», bat Stefanie, doch Leandro liess den Griff nicht locker.

«Wer weiss etwas? Was ist in meinem Zimmer passiert?», brüllte Leandro laut und unbeherrscht.

Niemand sagte etwas.

«Ich habe euch etwas gefragt! Von wem ist dieses Blut, verdammt noch mal?», schrie er auf und liess die strampelnde Alexandra wieder los. Alexandra raffte sich auf, zupfte ihr blaues Kleid zurecht und warf Leandro einen vernichtenden Blick zu.

«Ich weiss von nichts. Aber ich sehe, dass Blut in deinem Zimmer ist und du als Einziger einen Grund hattest, Tamara zu töten», sagte Alexandra verächtlich.

«Ich hatte keinen Grund!», rief Leandro aus.

«Ach nein? Tamara wollte doch zu den Bullen gehen und deine Firma vernichten!», schrie Alexandra, worauf hin Leandro seine Hand zu einer Faust ballte.

«Still, seid ruhig!», rief Markus und stellte sich vor Leandro. «Wo kommen wir hin, wenn wir einander nur anschreien und gegenseitig beschuldigen? Die Situation ist auch ohne gegenseitige Vorwürfe herausfordernd genug.»

Alexandra verdrehte die Augen, erwiderte aber nichts.

«Leandro», meinte Giulia mit leicht ängstlicher Stimme, «siehst du, ob im Zimmer etwas fehlt? Wonach könnte man gesucht haben?»

Leandro lief zur Türschwelle und verschaffte sich einen Überblick. Er wollte den Raum nicht betreten, um keine Spuren zu hinterlassen. Aus dieser Distanz war es aber sehr schwierig, festzustellen, ob etwas fehlte. Ausserdem wusste er nicht, was Tamara für sich mitgenommen hatte.

«Der Schlüssel», sagte Leandro plötzlich. Sein Blick verharrte bei der Kommode. «Ich habe ihn überall gesucht. Hier ist er also.»

Sein Zimmerschlüssel mit der Nummer eins lag auf der Holzkommode.

«Okay. Und sonst?», fragte Markus.

Leandro verzog das Gesicht. «Ich kann es nicht beurteilen. Auf den ersten Blick scheint nichts zu fehlen, aber mit Bestimmtheit kann ich das nicht sagen.»

Markus überlegte. Aufgrund der Blutspritzer stellte sich die Frage, ob hier ein Kampf stattgefunden hatte, der für Tamara wenig später tödlich endete.

«Dies ist das Hotelzimmer von Tamara und Leandro», sagte Markus nach einer Weile, «und wenn hier ein Kampf stattgefunden hat, wird dies bestimmt jemand mitbekommen haben. Habt ihr Tamara schreien oder laut diskutieren hören? Oder ist euch sonst etwas aussergewöhnliches aufgefallen?»

Luisa schaute ihren Mann mit ihren grossen, kastanienbraunen Augen an. «Ich hörte kein Geräusch, denn ich war draussen und konnte durch die verschlossenen Türen nichts hören. Auch sonst stellte ich nichts aussergewöhnliches fest.»

Markus sagte, er sei alleine im Schlafzimmer gewesen. Als er jedoch gegen 16 Uhr Richtung Speisesaal lief, hörte er ein Geräusch, welches allem Anschein nach von Tamaras Aufprall auf den Boden herrührte.

Giulia schauerte, als Markus diese grausame Vermutung ganz sachlich und ohne Wimpernzücken anbrachte. Manchmal wirkte er wie ein emotionsloses Monster, überlegte sie sich.

Giulia selbst habe sich zum Tatzeitpunkt im Hotelzimmer befunden und nichts gehört.

Leandro sei draussen gewesen, um eine Zigarette zu rauchen. Dummerweise sei die Tür verschlossen gewesen und er sei erst wieder nach drinnen gekommen, nachdem

Markus ihn gesucht hatte. Als er wieder hineinkam, war der Mord bereits geschehen. Er habe nichts mitbekommen, weder von einem Kampf noch von dem Mord.

Stefanie sei zum Mordzeitpunkt im Speisesaal gewesen, um neue Holzstapel in den Kamin zu werfen und den Tisch zu decken. Sie sei durch das von Markus erwähnte Geräusch erschreckt worden. «Es klang ziemlich laut, deshalb liess ich meine Arbeit stehen und schaute nach, was los war. Auf dem Gang stiess ich auf Markus und Alexandra und sah Tamara. Ich kann kaum darüber sprechen, aber ich glaube, dass uns der Mörder nur sehr knapp entkommen ist. Von einem Kampf habe ich auch nichts mitbekommen.»

Stefanies Stimme klang heiser, die tiefe Traurigkeit war ihr anzumerken.

Alexandra hatte sich inzwischen etwas beruhigt. Ihr Zimmer mit der Nummer drei befand sich direkt neben Leandros Schlafzimmer, somit hätte sie die Kampfgeräusche am ehesten hören sollen. Allerdings habe sie tief geschlafen und sei erst durch den Wecker aufgewacht, welchen sie auf 16 Uhr gestellt habe. Das von Stefanie erwähnte Geräusch habe sie nicht gehört, vermutlich sei sie zum Tatzeitpunkt noch im Zimmer gewesen und habe durch die verschlossene Tür nichts vernommen.

Markus räusperte sich und streckte seine Brust raus. «Die Blutspritzer weisen auf einen Kampf hin, aber niemand von uns soll etwas davon mitgekriegt haben?», fragte er skeptisch.

Luisa trat vor und blickte sich nochmals im chaotischen Raum um. «Hat Tamaras Körper denn Verletzungen aufgewiesen, welche auf einen Kampf schliessen lassen?», fragte sie.

Markus schüttelte den Kopf. «Nein, abgesehen von ihrer Kopfwunde sind mir keine äusseren Verletzungen aufgefallen. Allerdings lag Tamara auf dem Bauch, einen Grossteil ihres Körpers konnte ich nicht sehen.»

«Hm. Trotzdem ist es sonderbar», stellte Luisa fest.

Markus überlegte und wirkte dabei gleich konzentriert wie an seinen wöchentlichen Schachturnieren. «Lasst uns nochmals alles Revue passieren», sagte er, «wir beginnen am besten mit unserer Ankunft hier im Hotel Bellechasse.»

«Markus», unterbrach ihn Stefanie, «ich finde deine Idee gut, aber hier im Gang zu stehen ist sehr ungemütlich. Ich werde uns etwas zu Abend kochen, und dann können wir das Gespräch fortsetzen, ja? Wir haben einiges zu verarbeiten. Ich weiss nicht wie es euch geht, aber ich kann mir das alles noch nicht anhören. Ich will noch nicht wahrhaben, was passiert ist. Bitte lass uns zuerst ein bisschen zur Ruhe kommen.»

Alexandra schloss sich Stefanies Meinung an.

Markus verengte seine Augen. «Na schön. Dann treffen wir uns um 18 Uhr im Speisesaal. Alexandra, bitte beaufsichtige Stefanie beim Kochen.»

Giulia wollte sich schon abwenden, als Markus sie zurückrief. «Moment. Auch hier handelt es sich um einen Tatort, wir müssen den Raum abschliessen. Wer will auf den Schlüssel aufpassen?», fragte er.

Luisa zwang sich, einen zweiten Blick in das chaotische Zimmer zu werfen.

«Wir nehmen ihn. Markus und ich sind Unbeteiligte, denn wir sind als einzige Anwesende weder mit Tamara verwandt noch allzu eng mit ihr befreundet. Als Mann kann Markus den Schlüssel ausserdem gut verteidigen, sollte ihn jemand klauen wollen», schlug Luisa vor.

Im Gegensatz zu Leandro war Markus mit seinem hochgewachsenen, schmächtigen Körperbau nicht besonders muskulös, aber Luisas Argumente ergaben Sinn und niemand hatte einen Einwand. Alle waren froh, dass sich die Gruppe wieder auflöste und sich jeder zurückziehen konnte. Leandro murmelte, dass er eine Zigarette rauchen gehe, und Markus folgte ihm mit einem besorgten Gesichtsausdruck. Nach seinem vorherigen Gespräch im Speisesaal sorgte sich Markus zunehmend um Leandro, welcher innert wenigen Tagen beinahe alles verloren hatte. Während Leandro bis vor wenigen Tagen noch als seriöser und angesehener Geschäftsmann galt, warf man ihm nun Vermögensveruntreuung vor. Ausserdem war er der potentielle Mörder seiner langjährigen Freundin.

«Jeder hier hält mich für Tamaras Mörder», hatte Leandro Markus bedrückt gesagt, und Markus konnte ihm nicht widersprechen. Gegen die Tränen ankämpfend hatte Leandro erzählt, wie sehr er Tamara einst geliebt hatte und dass er ihr nie auch nur ein Haar gekrümmt hätte. Markus hörte ihm gut zu und spürte, dass Leandro in dieser schwierigen Zeit nicht alleine sein durfte. Als Leandro nach dem Gespräch zurück in sein Zimmer wollte, hatten sie das Chaos und die Blutspuren vorgefunden. Seither wirkte Leandro noch bedrückter, und Markus wollte nochmals kurz mit ihm reden. Sie liefen wortlos den Flur entlang Richtung Ausgang. Leandro stiess die Eingangstür nach draussen auf, und ein kalter Windstoss blies ihnen entgegen.

«Du brauchst mir keine Gesellschaft zu leisten, ich komme alleine zurecht», meinte Leandro zu seinem Bruder und trat nach draussen. Er verzog das Gesicht ab der eisigen Kälte und zitterte leicht, als er seine Zigarette anzündete.

«Ich wollte sowieso nochmals nach draussen», meinte Markus nur und sog die frische Luft ein.

Leandro lief unruhig auf dem Vorplatz herum.

«Die Polizei wird mich verhaften, sobald sie eintrifft. Sie werden denken, ich hätte meine eigene Freundin umgebracht, weil wir eine Auseinandersetzung hatten und ich Tamara betrog. In meinem Schlafzimmer gibt es Blutspritzer, und ich habe nichts, dass mich entlastet. Kein Alibi, keine Zeugen, einfach verdammt nochmal nichts.»

Markus legte seine kalten Hände in die Jackentasche und sah seinen Bruder aufmerksam an. «Und du weisst auch nicht, wie das Blut in dein Zimmer gekommen ist, nehme ich an?»

Leandro schüttelte den Kopf. «Nein, ich habe keine Ahnung. Aber wenn es Tamaras Blut ist, wird man mir Gewaltanwendung gegen sie vorwerfen. Das ist echt übel.»

Markus kräuselte seine Lippen. «Ja, die Situation ist sehr schwierig. Das grösste Problem sehe ich darin, dass dich Tamara kurz vor ihrem Tod bedroht hat... Was hat es mit diesem Beweis auf sich, mit dem sie zur Polizei gehen wollte? Sie sagte sie könne nachweisen, dass du Vermögen veruntreust.»

Leandro blies den Rauch aus und wich dem Blick seines Bruders aus.

«Das ist alles völliger Quatsch, das hat Tamara bloss erfunden. Ich habe kein Vermögen veruntreut, deshalb gibt es auch keinen Beweis dafür.»

«Warum sollte Tamara so etwas erfinden?», hackte Markus nach.

«Keine Ahnung, woher soll ich das wissen? Bestimmt hat sie geblufft, um sich wichtig zu machen.»
Leandros Antwort kam wenig überzeugend, und Markus beäugte seinen Bruder skeptisch.

«Ich weiss, dass du viel los hattest in letzter Zeit», sagte Markus mit bemüht beruhigender Stimme. «Du wurdest von den Medien stark in die Enge getrieben, und auch privat lief es nicht gut. Als dann auch noch deine Affäre mit Giulia aufgeflogen ist und Tamara dir mit der Polizei gedroht hat, muss einiges in dir vorgegangen sei. Ich verstehe, wenn du überfordert warst und durchgedreht bist.»
Leandro sah Markus verständnislos an.

«Sogar du als mein älterer Bruder hältst mich also für den Mörder. Wie sollen die Polizisten und Richter an mich glauben, wenn nicht einmal du das tust?»
Leandro klang zutiefst verletzt und bedrückt.

«Nein, so habe ich das nicht gemeint!», wandte Markus ein, doch Leandro gab ihm mit einem Kopfnicken zu verstehen, dass er ihn durchaus verstanden hatte.

«Du enttäuscht mich, aber irgendwie war das ja klar. Niemand glaubt mir, wenn ich sage, dass Tamara nur blufft.»
Markus schüttelte energisch den Kopf. «Nein, ich sage nicht, dass ich dir nicht glaube. Aber es spricht alles gegen dich, verstehst du? Tamara droht dir damit, mit einem Beweis gegen deine Vermögensveruntreuung zur Polizei zu gehen und dadurch dein Geschäft zu ruinieren, und kurz darauf ist sie tot. Ihr Schlafzimmer ist durchwühlt und auf dem Boden sind Blutflecken. Die Indizien sprechen alle

gegen dich, und deine Beziehungsprobleme mit Tamara belasten dich zusätzlich.»

Leandro kickte gegen die Mülltonne und fluchte laut.

«Ich weiss nicht von welchem Beweis Tamara redete!», wiederholte er sich in unbeherrschtem Ton. Er schüttelte seinen schmerzenden Fuss und humpelte von der Mülltonne weg.

«Dann hast du nichts mit dem Mord an Tamara zu tun?», fragte Markus seinen Bruder ernst.

«Nein, verdammt noch mal!», rief Leandro wütend.

«Okay.»

Leandro schüttelte seinen Kopf und gab ein verächtliches Schnauben von sich.

«Markus, du hast mich und Tamara zusammen erlebt! Ich habe sie wirklich geliebt, ich könnte sie niemals töten! Aber wir haben uns auseinandergelebt und uns nicht um die Beziehung bemüht. Das Feuer zwischen uns ist längst erloschen. Und nicht nur ich habe dies geschehen lassen, auch sie. Wir haben beide tatenlos dabei zugesehen, wie es mit unserer Beziehung bergab ging.

Und dann kam Giulia ins Spiel. Giulia und ich haben uns schon immer ausserordentlich gut miteinander verstanden, und eines Abends haben wir ziemlich viel getrunken und die Beherrschung verloren. Giulia ähnelt Tamara optisch sehr, und ich fühlte mich mit ihr wie neu geboren. Inzwischen liebe ich Giulia sehr.»

Leandro hielt einen Moment inne und wandte seinen Blick zum grauen Himmel. Dann fuhr er nachdenklich fort: «Ich betrog Tamara nicht, um sie zu verletzen. Das wollte ich niemals tun, und deshalb kann man mir auch keine Vorwürfe machen. Ich habe mich neu verliebt, und das ist nicht verwerflich.»

Markus betrachtete seinen Bruder nachdenklich. «Nein, sich neu zu verlieben ist nicht verwerflich. Aber du hast etwas Neues begonnen, bevor du mit Tamara einen klaren Schlussstrich gezogen hast.»

Leandro drückte seine Zigarette aus. «Kein Mensch ist perfekt. Ich wollte mir zuerst sicher sein, ob ich für Giulia wirklich bereit war, Tamara zu verlassen.»

Leandro zündete sich eine neue Zigarette an und machte einen Schritt auf die Seite, um seinen Bruder nicht voll zu qualmen.

«Und? Warst du dafür bereit?», fragte Markus.

«Ja, ich denke schon... Aber wenn ich Tamara für Giulia verlassen hätte, wäre Giulia von der Familie verstossen worden, und das wollten wir nicht riskieren. Das alles war sehr kompliziert, weisst du.»

Markus erwiderte nichts, sondern blickte seinen jüngeren Bruder mit einem gewissen Unverständnis und Bedauern an.

«Ich bin froh, wenn wir hier weg sind», durchbrach Leandro die unangenehme Stille, «es ist verdammt kalt. Und schau nur, wie viel Neuschnee es gegeben hat! Man sieht nicht einmal mehr unsere Fussspuren von der Ankunft. Nach diesem Wochenende habe ich für eine ganze Weile die Nase voll vom Winter.»

Markus nickte. «Ich auch. Lass uns wieder rein gehen.»

Sie gingen zurück in die Wärme. Während Leandro zur Küche zusteuerte, um Stefanie um ein neues Hotelzimmer zu bitten, lief Markus zurück in seinen Raum, um sich vor dem Abendessen noch ein wenig auszuruhen.

Auf dem langen Korridor angekommen, blieb Markus unvermittelt stehen und riss seine Augen auf.

Vor ihm stand Luisa und machte sich mit zitternden Händen an der Tür von Leandros Schlafzimmer zu schaffen. In der Hand hielt sie den Schlüssel mit der eingravierten Nummer eins, auf welchen Markus und Luisa gemeinsam aufpassen sollten. Hatte Luisa nur deshalb vorgeschlagen, auf den Schlüssel aufzupassen, damit sie ihn an sich nehmen und sich Zutritt zum blutbefleckten Zimmer verschaffen konnte?

«Luisa, was tust du hier?», zischte Markus.

Luisa zuckte zusammen, ein kalter Schauer lief ihr über den Rücken.

Grob packte Markus seine Ehefrau am Oberarm und riss sie in das gemeinsame Zimmer. Die Tür krachte laut zu.

«Bist du von allen guten Geistern verlassen?», fauchte Markus wütend. Jegliche Farbe war aus seinem Gesicht entwichen.

Er wartete auf eine Erklärung, doch diese blieb aus. Luisa sah betreten zu Boden und umklammerte den Schlüssel mit festem Griff.

«Luisa, ich bin dein Ehemann... Du weisst, dass du mir vertrauen kannst.»

Luisa lehnte sich an die Wand und atmete schwer. Sie schloss kurz die Augen, um sich zu beruhigen.

Es war offensichtlich, dass es ihr schlecht ging. Markus lehnte sich neben sie an die Wand und nahm ihre Hand.

«Ich werde dein Geheimnis nicht verraten», versprach er, «bitte sprich mit mir.»

Luisa presste ihre schmalen Lippen zusammen, sodass sie sich zu einem Strich verengten. Ihr Brustkorb hob und senkte sich.

«Ich habe Angst», sagte sie nach einer Weile. «Die Wahrheit bringt mich in Verdacht, Markus. Ich schäme mich so sehr für das, was ich getan habe.»

Markus drückte seinen Hinterkopf gegen die Wand und blickte zur Decke. Was hatte Luisa verbrochen? Markus drückte Luisas Hand und versuchte sie zu ermutigen. «Du erinnerst dich an mein Versprechen, ja? Ich liebe dich und bin für dich da, in guten wie in schlechten Zeiten. Was immer dich auch belastet, du musst mit mir reden.»

Luisa atmete laut aus.

«Du hast recht», sagte sie nach kurzem Zögern und wandte sich ihrem Gatten zu.

«Ich werde dir alles erzählen», meinte sie. «Wie du weisst, steckt dein Bruder ziemlich in der Patsche. Man verdächtigt ihn, Kunden zu hintergehen und Vermögen zu veruntreuen. In der Zeitung konnte nichts bewiesen werden, und Leandro wies sämtliche Schuld von sich. Aber ich hatte kein gutes Bauchgefühl. Als dann selbst Tamara sagte, sie sei sich ganz sicher, dass Leandro Geld veruntreue, wurde es mir sehr mulmig zumute. Tamara war immerhin Leandros Lebenspartnerin, sie sollte es wissen… Und das beunruhigte mich, denn wir haben Leandro ziemlich viel Geld anvertraut. Eigentlich unser ganzes Erspartes. Und meine Eltern lassen ihr Vermögen ebenfalls durch ihn verwalten. Wenn etwas an der Sache faul ist, verliert meine Familie das ehrlich verdiente, hart ersparte Vermögen. Es ging für mich um sehr viel, deshalb wollte ich herausfinden, ob

Leandro die Wahrheit sagt. Aber was ich getan habe, kann mir zum Verhängnis werden.»

Luisa begann zu erzählen.

Kapitel 6

Auf dem Aldenhorn war es immer noch kalt, trüb und nass und somit alles andere als verlockend, um zum jetzigen Zeitpunkt nach draussen zu gehen. Aber Luisa benötigte dringend frische Luft, denn die Geschichte mit Leandro hatte ihr zu schaffen gemacht. Wenn Leandro tatsächlich Kundengelder veruntreute, war Luisa direkt davon betroffen. Sie sorgte sich um das ehrlich verdiente Vermögen von sich und ihrer Familie. Ausserdem konnte sie es kaum fassen, dass Leandro seine Partnerin mit Giulia betrog und Markus das unschöne Geheimnis seines Bruders gewahrt hatte. Mit seinem Schweigen hatte er Tamara gewissermassen hintergangen, er hätte ihr die Wahrheit geschuldet.

Luisa war unglaublich enttäuscht von ihrem Mann und wollte nicht mit ihm in einem Zimmer sein. Sie brauchte kurz Abstand von ihm, um sich über ihre Gedanken im Klaren zu werden. Sie schloss den Reissverschluss ihrer Kapuzenjacke und öffnete die Zimmertür. Als sie hinaustrat sah sie gerade, wie Leandro die Tür seines Schlafzimmers zuzog. Luisa runzelte die Stirn, als sie ihn sah.

«Ist Tamara in eurem Zimmer?», fragte sie ihn. Vielleicht sollte sie kurz nach ihr schauen und fragen, wie es ihr ging. Sie waren zwar nicht eng befreundet, aber Luisa empfand grosses Mitgefühl.

«Nein. Ich weiss nicht, wo sie steckt.»

Seltsam. Warum schloss Leandro die Tür nicht ab, wenn niemand mehr im Zimmer war? Sie hatte sich doch nicht getäuscht, oder? Leandro hatte die Tür wirklich nur zugezogen und nicht mit dem Schlüssel abgeschlossen. Jedermann konnte den Raum nun betreten.

Luisas Herz pochte. Sie sah Leandro nach, wie er den Flur entlang davonlief. Er trug ein grünes Polo-Shirt und Markenjeans, welche bestimmt sehr teuer gewesen sein mussten. Leandro kleidete sich immer sehr gut. Woher hatte er das Geld für Designerkleider? Lief sein Geschäft tatsächlich so gut, wie er immer behauptete? Was hatte es mit dem Zeitungsbericht und Tamaras Beschuldigungen auf sich? Veruntreute Leandro tatsächlich das Vermögen seiner Kunden?

Luisa hatte ihm fast das ganze Vermögen anvertraut, und auch ihre Familie hatte ihm Geld zur Verwaltung überlassen. Tamara hatte vorhin angedeutet, dass sie ein Beweis für die Vermögensveruntreuung habe, aber Leandro hatte alles abgestritten. Was, wenn Tamara den Beweis mit ins Hotel genommen hatte und hier vor ihm versteckte? Luisa spürte eine Gänsehaut.

Wie konnte sich Luisa sicher sein, dass Tamara das Beweisstück tatsächlich der Polizei übergab? Leandro war ein Meister der Manipulation und konnte Tamara möglicherweise dazu bringen, für ihn zu schweigen. Schliesslich hatte Tamara vorhin deutlich betont, wie sehr sie Leandro geliebt hatte. Überlieferte man jemanden der Polizei, den man einst so sehr liebte? Was, wenn sich Tamara anders besann und den Beweis vernichtete?

Noch wahrscheinlicher war es, dass Leandro den Beweis an sich nahm, nun da er vorgewarnt war. Er teilte das Schlafzimmer mit Tamara und es war ihm ein leichtes, an ihre Sachen heranzukommen. Natürlich würde er den Beweis auf der Stelle vernichten, und dann konnte ihm möglicherweise nie etwas nachgewiesen werden.

Luisa spürte Unbehagen und Wut. Der Beweis durfte auf keinen Fall vernichtet werden, schliesslich ging es um das Vermögen ehrlicher Leute. In den Zeitungen hatte es an Beweisen gefehlt, und Luisa packte eine wilde Entschlossenheit, den Beweis zu suchen und ihn selbst der Polizei zu übergeben. Sie konnte weder Tamara noch Leandro trauen.

Vorsichtig spähte sie zu Leandros Zimmertür. Das war die Gelegenheit. Tamara und Leandro befanden sich beide nicht im Schlafzimmer, und die Tür war nicht abgeschlossen. Luisa sah sich um. Sie war alleine auf dem Korridor. Behutsam öffnete sie die Tür und trat in das Zimmer. Die Tür liess sie einen Spalt breit offen, um zu hören, ob sich jemand dem Zimmer näherte.

Ihr Herz pochte wild. Sie wollte sich nicht ausmalen, was passieren würde, wenn Leandro sie hier vorfand. Eilig durchwühlte sie die Kommoden, Koffern und Schränke. Sie riss die Schubladen auf und tastete sie ab, falls Tamara etwas hinter die Schubladen geklebt hatte. Doch Luisa fand nichts, das ihr weitergeholfen hätte.

Gerade wollte sie die Schublade zurück in die Kommode schieben, als sie draussen Schritte hörte. Jemand näherte sich und Luisa erstarrte vor Schreck. Sie musste hier raus, sofort.

«Tamara», hörte sie Giulia sagen, «bitte, ich muss mit dir reden.»

Also war es Tamara, die sich näherte. Das war nicht gut. Luisa spähte vorsichtig nach draussen. Tamara und Giulia waren etwa sieben Meter von ihr entfernt.

«Nicht jetzt», antwortete Tamara harsch und lief weiter Richtung Schlafzimmer. Verdammt, dachte Luisa, sie sass in der Falle. Sie blickte kurz auf das Chaos, das sie angerichtet hatte und überlegte sich, wie sie dies Tamara erklären sollte. Schliesslich hatte Luisa soeben in allen persönlichen Sachen herumgewühlt!

«Ich weiss, wie sich das anfühlt. Aber glaub mir, ich kann dir alles erklären. Leandro und ich wollten dich nicht verletzen!», sagte Giulia.

Luisa spähte nochmals nach draussen und sah, wie Tamara stehen blieb. Sie funkelte ihre Schwester böse an, und Beide standen nun mit dem Rücken zu Luisa.

Das war die Gelegenheit, Luisa musste jetzt sofort das Zimmer verlassen. Sie huschte aus dem offenen Türspalt und schlich zum Zimmer sieben. Soweit sie wusste, war dieses Zimmer leer. Hoffungsvoll drückte Luisa die Türklinke herunter, doch die Tür sprang nicht auf. Die Tür war verriegelt. Wegrennen konnte sie nicht, ohne von Tamara bemerkt zu werden, deshalb presste sich Luisa an die verschlossene Tür. Sie versuchte sich möglichst dünn zu machen, doch ihre dicke Winterjacke war dabei äusserst hinderlich.

Luisa hielt den Atem an. Starr wie ein Eiszapfen stand sie in ihrem Versteck und lauschte der Unterhaltung.

«Du weisst, wie sich das anfühlt? Ich würde dir nie so etwas antun, und das weisst du! Du hast mein Vertrauen missbraucht und bewiesen, dass du keine Moral besitzt. Deine Erklärungen kannst du dir ersparen.»

Tamara war ausser sich vor Wut. Giulia versuchte sich zu erklären, doch Tamara hörte nicht zu. Es sei ihr Geburtstag, da wolle sie nicht darüber reden. Giulia bettelte und Luisa hörte, wie sie schluchzte. Aber Tamara liess ihre Schwester stehen und lief in ihr Schlafzimmer.

Luisa hörte, wie Tamara die Tür öffnete. Bestimmt würde sie gleich laut schreien, wenn sie das Chaos vorfand, denn es war unübersehbar, dass jemand in das Zimmer eingebrochen war.

Luisa traute sich nicht, sich von der Stelle zu rühren. Sie wusste, dass ihr Versteck im Türrahmen ausgesprochen schlecht war, doch es war ihr zu riskant, von hier zu verschwinden. Giulia stand eventuell immer noch auf dem Gang, und Tamara konnte jederzeit aus dem Zimmer rauskommen und herumbrüllen, dass sich jemand unbefugten Zutritt verschafft hatte. Also blieb Luisa ruhig stehen und wartete. Die Minuten verstrichen.

Eigenartig. Warum reagierte Tamara nicht?

Nach etwa fünf Minuten hörte Luisa eine Tür, die sich öffnete und wieder schloss. Die Tür wurde nicht verriegelt. Die Schritte auf dem Gang waren sehr leise, aber Luisa hörte sie deutlich. Das musste Tamara sein. Aber weshalb schlossen sie und Leandro die Tür nie ab? Das ergab doch keinen Sinn. Beunruhigte es Tamara nicht, dass jemand in ihr Zimmer eingebrochen war? Wollte sie nicht zumindest ihre Konsequenzen daraus ziehen und künftig abschliessen?

Luisa wartete, bis Tamara verschwunden war. Zurück in Markus Zimmer konnte sie noch nicht, denn sie hatte ihm vor weniger als zehn Minuten gesagt, dass sie nach draussen gehe und frische Luft schnappe. Er sollte ihre Lüge nicht durchschauen. Richtung Speisesaal wollte sie ebenfalls nicht, weil sie dann auf Leandro und Tamara stossen könnte. Lieber blieb sie noch einen Moment in ihrem Versteck. Nach einigen Minuten würde sie zurück in Markus Zimmer gehen und sagen, dass sie es bei dieser Kälte nicht lange draussen ausgehalten hatte.

Sie presste sich noch etwas enger an die Tür und wartete etwa sechzig Sekunden, die ihr wie eine Ewigkeit vorkamen. Nervös sah sie sich um. Sie würde jetzt zurück in Markus Zimmer gehen.

Luisa wollte gerade aus ihrem Versteck treten, als sie eine Türklinke hörte. Markus kam aus dem Zimmer und schloss die Tür ab.

«Umso besser», dachte Luisa. Sie wartete, bis er weg war, und schlich leise zurück in ihr gemeinsames Schlafzimmer mit der Raumnummer zwei.

Markus liess Luisas Hand los. «Das sind äusserst wichtige Informationen», sagte er. «Warum hast du mir nicht eher davon erzählt?»

Luisa wandte sich von Markus ab und lief zum Bett, wo sie sich hinsetzte. «Ich habe mich geschämt. Und ich war wütend auf dich, weil du von Leandros Affäre gewusst hast und nichts dagegen unternommen hast!»

Markus schüttelte den Kopf.

«Luisa, du solltest mich langsam kennen», sagte er und schritt auf sie zu. «Ich durchschaue Lügen und erkenne, wenn du mir etwas verschweigst. Mir war schon von Beginn an klar, dass du mir etwas verheimlichst. Denn hast du uns nicht allen erzählt, dass du während Tamaras Mord draussen warst? Leandro hat dich draussen aber nicht gesehen, obwohl er mindestens zehn Minuten lang vor der Eingangstür gestanden hat, und als ich dich suchte, kamst du mir von den Schlafräumen her entgegen.»

Luisa atmete schwer und starrte Markus mit aufgerissenen Augen an.

«Du hast uns alle belogen», sagte Markus, «und die Polizei wird deine Lügen zweifelsfrei durchschauen. Du musst ehrlich zu uns sein, wenn du zur Klärung des Mordes beitragen willst.»

Luisa liess sich erschöpft auf ihr Bett fallen. Sie entgegnete nichts. Es entstand eine kurze Pause zwischen ihnen, in der sich Markus zu Luisa auf das Bett setzte.

«Hast du gesehen, ob Tamara verletzt war, als sie das Schlafzimmer verliess? Und ist ihr jemand gefolgt?», wollte Markus wissen.

Luisa schüttelte den Kopf. «Ich habe nichts gesehen, ich habe nur gelauscht. Gefolgt ist Tamara niemand, denn ich hörte nur die Schritte von einer Person.»

«Und warum bist du dir dann so sicher, dass es Tamaras Schritte waren?»

«Das ist lediglich eine Schlussfolgerung. Schliesslich wusste ich, dass Tamara in ihr Zimmer gegangen war und sich niemand sonst in ihrem Hotelzimmer befunden hat. Wenig später lag Tamara tot am anderen Ende des Hotels. Irgendwie muss sie ja dort hingekommen sein.»

Markus nickte. Er hatte den Ausführungen aufmerksam gelauscht. «Und weshalb wolltest du vorhin erneut in das Zimmer einbrechen?», fragte er.

«Um meine Fingerabdrücke zu verwischen», meinte Luisa leise, «denn inzwischen hat es Blut am Boden, das Zimmer wird mit einem Mord in Verbindung gebracht. Wenn die Polizei meine Fingerabdrücke findet, bin ich Hauptverdächtige in einem Mordprozess!»

Luisa schluchzte leise und verbarg ihren Kopf im Kissen.

Markus seufzte. «Ich verstehe dich, aber deine Aktion war äusserst riskant. Stelle dir vor, jemand anders als ich hätte dich vorhin erwischt. Das hätte dich erst recht in Mordverdacht gebracht.»

Luisa antwortete nicht, sie wagte es sich nicht vorzustellen.

«Was sagtest du, wie lange war Tamara in ihrem Zimmer?», fragte Markus.

Luisa überlegte kurz. «Nicht lange. Maximal fünf Minuten, denke ich. Länger nicht, da bin ich mir ziemlich sicher.»

«Sag den Anderen die Wahrheit», riet Markus. «Deine Informationen sind sehr wichtig und können helfen, den

Täter zu finden. Wenn du lügst, gerätst du noch mehr in Verdacht und verlierst deine Glaubwürdigkeit.»

Luisa war davon nicht ganz überzeugt. Sie war der Auffassung, dass sie die Fingerabdrücke in Tamaras Zimmer zu massiv belasteten und ihr Erklärungsversuch nicht ausreichte, um sich ausser Verdacht zu bringen. Sie wollte sich aber nicht auf eine Diskussion mit Markus einlassen, schliesslich musste sie für sich selbst entscheiden, was sie für richtig hielt.

«Gemäss deinen Erzählungen hast du das Zimmer von Leandro und Tamara sehr sorgfältig durchwühlt», stellte Markus fest. «Besteht die Möglichkeit, dass sich zu diesem Zeitpunkt sonst noch jemand im Zimmer befand?»

Luisa schüttelte energisch den Kopf. «Nein, das ist absolut ausgeschlossen», sagte sie bestimmt. «Ich habe alle Kästen und Schränke aufgerissen, da war niemand.»

«Und es gab ganz bestimmt noch keinen Blutflecken auf dem Boden, als du das Zimmer betreten hast?», hackte Markus nach.

«Natürlich nicht», rief Luisa entgeistert aus und drehte sich nach ihm um.

Markus sah seine Ehefrau aufmerksam an. Er kannte Luisa seit bald sieben Jahren, und anfangs war sie für ihn ein einziges Mysterium gewesen. Inzwischen glaubte er sie besser zu kennen, doch nach diesem Wochenende erschien sie ihm wieder so schleierhaft und undurchschaubar wie damals. Hatte sie ihm nun die ganze Wahrheit erzählt, oder verbarg sie weitere brisante Informationen? Warum war sie nicht von sich aus mit der Erzählung herausgerückt? Und wusste Luisa wirklich nicht, woher das Blut in Tamaras Zimmer kam? Wenn Tamara alleine im Zimmer war, gab es niemanden, der Tamara Verletzungen zufügen konnte, etwas an Luisas Geschichte schien nicht aufzugehen.

Markus kratzte sich gedankenverloren am Kinn.

Es sei denn, das Blut auf dem Boden stammte von jemand anderem als Tamara!

Vielleicht hatte erst nach Tamaras Tod ein Kampf in ihrem Schlafzimmer stattgefunden. Schliesslich kochten die Emotionen nach dem Leichenfund hoch, und gewisse Menschen verwandeln sich in schlimmen Situationen zu Wildtieren. Sie würden überprüfen müssen, ob jemand der Anwesenden Verletzungen oder Kampfspuren aufwies, nur so kamen sie der Wahrheit ein Stück näher.

«Luisa, wir werden die Wahrheit sagen müssen, verstehst du? Ansonsten blockieren wir die Ermittlungen.»

Luisa vergrub das Gesicht wieder im Kissen und schluchzte leise.

«Luisa, überlege es dir doch bitte! Du tust dir keinen Gefallen damit, wenn du alles leugnest!»

Markus berührte Luisa an den Schultern und rüttelte sie leicht. «Du siehst das doch ein, nicht?»

«Ich weiss es nicht Markus, ich weiss es nicht. Ich habe Angst, dass ich mir das eigene Grab schaufle, wenn ich die Wahrheit erzähle.»

Luisas Augen waren gerötet und ihre braunen, kurzen Haare standen wild vom Kopf ab.

«Und was schlägst du vor?», fragte Markus.

«Wir müssen mein Vorhaben vollenden und ins Zimmer eindringen, um meine Fingerabdrücke zu verwischen», antwortete Luisa mit einer wilden Entschlossenheit und setzte sich im Bett auf.

Markus seufzte. Er erhob sich und lief unruhig im Zimmer auf und ab. Er wollte sich wirklich in nichts hineinziehen lassen. Tatsachen zu verschweigen und Spuren zu verwischen konnte ein übles Nachspiel haben.

«Es ist zu riskant, Luisa», warf er ein, «was, wenn uns jemand sieht oder hört? Ausserdem ist es praktisch unmöglich, all deine Spuren zu verwischen. Es genügt, wenn wir ein kleines Haar übersehen. Deine DNA ist überall, und wenn wir nicht vorsichtig sind, ist am Ende auch noch meine DNA im blutbefleckten Zimmer. Nein, Luisa. So sehr ich dich auch liebe, aber die Gefahr ist zu gross. Bitte, lass uns einen anderen Weg finden. Solange wir nicht die Mörder sind, haben wir nichts zu befürchten und sollten bei der Wahrheit bleiben.»

Luisa atmete schwer aus. Sie mass mit dem Handrücken die Temperatur ihrer Stirn, denn sie fühlte sich fiebrig und schwitzte.

«Ich kann jetzt nicht darüber nachdenken», sagte sie erschöpft und legte sich wieder hin.

«Ruhe dich aus», sagte Markus. Sein Gesichtsausdruck war ernst.

Luisa war froh, Markus an ihrer Seite zu haben, denn in dieser schwierigen Situation gab er ihr ein Gefühl der Sicherheit. Sie streifte ihre Schuhe ab und zog die Knie zum Bauch. Die ganze Aufregung machte sie sehr müde.

«Ich muss dich etwas fragen», meinte Luisa flüsternd. Sie zögerte kurz, doch dann meinte sie: «Wenn Tamara ein Dokument gefunden hat, welches Leandros dubiosen Geschäfte beweist, dann befand sie sich in Lebensgefahr.»

Markus schluckte leer. Er wusste, was Luisa damit andeuten wollte.

«Mein Bruder ist kein Mörder», sagte er und versuchte dabei überzeugt zu wirken. «Du solltest dich jetzt besser ausruhen. Die ganze Aufregung macht dir zu schaffen.»

Markus legte sich neben Luisa und streichelte ihre Schläfe. Er beobachtete, wie ihre traurigen Augen zufielen und sie langsam einschlief.

Kapitel 7

Gerade als Luisa einschlief, klopfte Alexandra an Stefanies Zimmer und trat ein. «Steffi, sollten wir nicht langsam- oh.»

Alexandra blieb unvermittelt stehen, als sie Stefanie sah. Stefanies Augen waren ausgesprochen traurig und hatten dunkle Ringe. Ihre Gestalt war viel zu dürr und krankhaft. In den Händen hielt Stefanie einen Bilderrahmen, welchen sie schnell auf die Seite legte, kaum hatte Alexandra den Raum betreten.

Einen Moment lang wusste Alexandra nicht, ob sie wieder umkehren sollte, damit Stefanie in Ruhe trauern konnte. Doch dann überlegte sie sich, dass Stefanie Gesellschaft sicher guttun würde. Sie sollte nicht alleine mit ihrer Trauer sein.

«Schaust du dir Fotos von Tamy an?», fragte Alexandra und setzte sich auf die Bettkante neben Stefanie.

Stefanie schüttelte den Kopf und nahm den Bilderrahmen wieder zu sich. Sie drehte ihn um, so dass Alexandra das Foto eines kleinen Mädchens sehen konnte.

«Ist das deine Tochter?», fragte Alexandra interessiert. Stefanie wirkte etwas verstört. «Ja, das war mein kleiner Engel.»

Sie warf dem Mädchen einen liebevollen Blick zu und überreichte das Bild Alexandra. Auf dem Foto war ein ungefähr zweijähriges Mädchen mit rötlichen, dünnen Haaren und einem Jeanskleidchen zu sehen. «Wie süss!», sagte Alexandra und lächelte. «Sie ähnelt dir sehr. Wo ist sie jetzt?»

Stefanie nahm das Bild wieder an sich und strich über das transparente Plexiglas. «Hat dir Tamara nie erzählt, dass ich meinen kleinen Engel verloren habe?», fragte sie mit erstickter Stimme.

Alexandra weitete die Augen. «Nein! Was ist passiert?»

«Verkehrsunfall», sagte Stefanie knapp und spürte eine bleierne Schwere in der Magengegend. Sie konnte kaum darüber reden. Es fühlte sich an, als risse ihr jemand das Herz aus dem Leib. Nichts war schlimmer, als ein Kind zu verlieren, dessen war sich Stefanie sicher.

«Oh nein! Das tut mir schrecklich leid», sagte Alexandra und wirkte etwas hilflos.

«Es war ein Unfall», sagte Stefanie leise. «Der Autofahrer war ein netter, älterer Mann. Er hat Anna nicht gesehen, ihn traf kein Verschulden und er war von Anfang an geständig. Aber das half mir nicht.»

Alexandra nickte mit verständnisvoller Miene.

«Und nur kurz vor Annas Unfall starb mein Mann in den Bergen bei einer Rettungsaktion», fuhr Stefanie fort, «er war Helikopterpilot bei den Bergrettern und wollte Kletterer aus einer Felswand befreien. Dabei streifte der Propeller seines Helikopters die Felswand und mein Mann stürzte in den Tod.»

Alexandra blieb der Mund offenstehen. Was für eine Tragödie! Sie hatte nicht gewusst, was aus Stefanies Mann geworden war, und die kleine Anna hatte sie nie kennengelernt. Bestimmt verging kein Tag in Stefanies Leben, an dem sie ihre Familie nicht vermisste.

«Ich lasse dich besser wieder alleine», sagte Alexandra. Sie hatte keine alten Wunden aufreissen wollen.

«Weisst du, ich denke ohnehin ständig an Anna und Roman», meinte Stefanie. «Nun, da auch noch Tamara als meine beste Freundin verstorben ist, kommen wieder alle Emotionen hoch. Sie alle drei waren viel zu jung zum Sterben. Man sagt, dass die Zeit die Wunden heilt, doch gewisse Verletzungen heilen nie. Ich bin erst dreissig Jahre alt und habe bereits alles verloren, was mir je etwas bedeutet hat. Ich arbeite hier im Hotel Bellechasse so viel ich kann, denn das lenkt mich ab. Aber ich glaube nicht, dass ich jemals wieder vollkommen glücklich und unbeschwert werden kann. Als Anna vor einem Jahr starb, verstarb auch einen Teil von mir.»

Alexandra rann eine Träne über die Wange. Sie hatte nicht gewusst, dass es Stefanie dermassen schlecht ging. Mit ihrer ruhigen, geduldigen und gelassenen Art schien es, als habe sie ihr Leben komplett im Griff. Ihr Auftreten war immer sehr seriös und korrekt und sie konnte sich mit allen Menschen auf interessante Gespräche einlassen. Niemals würde man denken, dass dies alles eine Fassade war und Stefanie im Innern ein tief verletzter, trauernder Mensch war.

«Es tut mir so leid, Steffi», sagte Alexandra bekümmert.

«Es muss dir nicht leidtun. Die Erde dreht sich weiter, und ich hoffe, dass das Leben auch so noch viele schöne Überraschungen bereithält.»

Alexandra nickte und wirkte sehr bedrückt. «Ruhe dich noch ein wenig aus. Aber bitte komme auf mich zu, falls du etwas brauchst. Egal was es ist, ich bin für dich da.»

Stefanie lächelte. «Danke Alexandra. Das bedeutet mir sehr viel. Aber ich brauche mich nicht auszuruhen, es ist Zeit zum Kochen. Deswegen hast du mich gesucht, nicht wahr?»

Alexandra kratzte sich verlegen an der Schläfe. «Ja, eigentlich schon… Aber ich kriege das auch alleine hin, du solltest dich wirklich ausruhen.»

Stefanies lächelte. «Danke Liebes, aber das ist nicht nötig. Ausserdem hat mir Tamara erzählt, du könntest nicht kochen.»

Alexandra grinste. «Oh Mann, Tamy hat auch wirklich nichts für sich behalten.»

Sie verliessen Stefanies Privatbereich und liefen gemeinsam den Korridor entlang Richtung Küche. Alexandra war froh, dass sie Zeit mit Tamaras Freundin Stefanie verbringen konnte.

«Wir standen Tamy von allen hier am Nächsten», sagte sie und beobachtete, wie sich Stefanie eine Schürze umband. In der Küche war es relativ kühl, die Heizungen funktionierten wegen dem Stromausfall nicht mehr. Alexandra verschränkte die Arme vor der Brust, denn sie fröstelte.

«Ich kann es einfach noch nicht begreifen. Hätte ich Tamy nicht mit eigenen Augen so im Raum gesehen, hätte ich das alles niemals geglaubt.»

Alexandra schauerte bei dem Gedanken daran, dass Tamaras Leichnam noch immer im Zimmer neben der Küche lag. Sie fand es höchst unwürdig, dass Tamara auf diese Art sterben musste und nun in ihrer eigenen Blutlache lag.

Wenn Tamara schon so früh gehen musste, sollte sie wenigstens einen schönen Sarg und Grabschmuck erhalten und nicht stundenlang an ihrem grauenhaften Tatort verharren.

«Ja, ich kann es auch noch nicht fassen», meinte Stefanie. Ihre sonst so flinken Finger zitterten und sie rutschte beim Gemüse schälen mehrmals ab. Sie begann zu weinen. «Tamara wollte doch einfach nur ihren Geburtstag feiern! Wie konnte es bloss soweit kommen!»

Alexandra nickte und lehnte sich an den Kühlschrank. «Ich hätte Tamy sagen sollen, dass sie sich von Leandro trennen soll. Stattdessen riet ich ihr, sie solle nicht immer von Schlimmsten ausgehen, es würde sich bestimmt alles klären.»

Stefanie sah Alexandra bekümmert an.

«Und nun machst du dir deswegen Vorwürfe?», fragte Stefanie leise.

Alexandra bejahte. «Bestimmt würde Tamy noch leben, wenn sie sich damals von Leandro getrennt hätte! Sie spürte doch, dass mit ihm etwas nicht stimmte!»

Alexandra warf einen Blick zur Tür, um zu überprüfen, ob sie auch wirklich geschlossen war. Dann duckte sie sich ein wenig und sah Stefanie forschend an.

«Den Beweis, den Tamy an ihrer Geburtstagsrede angesprochen hat... Wusstest du etwas davon?»

Stefanie biss sich auf die Lippen und legte das Messer zur Seite.

«Nein», sagte Stefanie, «ich wusste nichts davon. Ich habe den Zeitungsbericht über Leandros Firma gelesen und danach Tamara darüber informiert, als Markus und Leandro über die Wanner Wealth Management AG gesprochen haben. Im Nachhinein hätte ich ihr lieber noch nichts gesagt, dann wäre sie nicht vor allen Anwesenden ausgerastet. Aber als Kollegin wollte ich ihr die Wahrheit nicht vorenthalten und habe zu wenig über den richtigen Zeitpunkt nachgedacht. Ich ahnte nicht, was dieser Zeitungsartikel in Tamara auslösen würde.»

Alexandra nickte. «Klar... Daran hätte ich auch nicht gedacht. Aber Leandro ist auch wirklich ein Scheusaal... Ich traue ihm inzwischen so ziemlich jede Grausamkeit zu.»

Stefanie schluckte leer. «Ehrlich gesagt befürchte ich, dass er Tamara wegen diesem Beweisstück umgebracht hatte.»

Stefanie sah etwas erschrocken aus, so als habe sie Alexandra mehr gesagt, als sie eigentlich beabsichtigt hatte. Sie wandte sich wieder dem Gemüse zu und schnitt es in kleine Stücke. Alexandra sah ihr dabei zu.

«Genau das denke ich auch! Tamy sagte, dass sie den Beweis der Polizei übergeben will...»

Stefanie wandte sich nochmals Alexandra zu.

«Ja, das hat sie gesagt. Tamara war wegen der Affäre so wütend auf Leandro, aber ich weiss nicht, ob sie ihre Drohung effektiv umgesetzt hätte. Schlussendlich liebte sie Leandro noch immer, und sie wollte ihm bestimmt nichts Böses tun. Wenn bewiesen wird, dass Leandro Geld veruntreut, geht die Wanner Wealth Management AG zu Grunde.»

Alexandra wirkte sehr ernst. «Leandro hat ein Motiv, und in seinem Schlafzimmer ist Blut. Wenn du mich fragst, kann nur er es gewesen sein! Und ausgerechnet er hat die Schlüssel zum Tatort! Er wird all seine Spuren verwischen, und möglicherweise helfen ihm Markus und Giulia dabei.

Bis die Bullen kommen, ist es zu spät, dann wird man ihn nicht mehr fassen können!»

Stefanie schloss kurz die Augen und atmete tief ein. «Du hast recht, Leandro hat den Schlüssel zum Tatort! Das ist nicht gut!», meinte sie.

Alexandra und Stefanie tauschten schockierte Blicke aus und hielten die Luft an. Dann atmete Stefanie hörbar aus und kratzte sich nachdenklich am Kinn.

«Du meinst also, dass Markus und Giulia involviert sind?», fragte sie.

«Möglich ist alles», antwortete Alexandra. «Bei Giulia bin ich mir nicht sicher, denn immerhin ist sie Tamys Schwester. Aber bei Markus kann ich es mir durchaus vorstellen. Er war der erste am Tatort und hat seinen Bruder Leandro möglicherweise davonrennen sehen. Als Familienmitglied würde er ihn auf jeden Fall in Schutz nehmen und ihn dabei unterstützen, die Tat zu verbergen.»

Stefanies Puls schlug schneller. «Ja, das ist gut möglich», sagte sie verängstigt.

«Auf den Schlüssel zu Tamys Schlafzimmer passt Markus auf. Dies bedeutet, dass Markus und Leandro gemeinsam Zugang zu den Tatorten haben», sagte Alexandra aufgebracht.

Stefanie stockte der Atem. «Du meinst, Markus hat die Schlüssel bewusst so verteilt?»

Alexandra nickte mit betretener Miene. «Absolut. Indem Markus die Führung übernimmt, reisst er die Kontrolle an sich. Er manipuliert uns.»

Stefanie seufzte tief, während sich Alexandra durch ihre Haare fuhr und nervös im Raum herumwirbelte. «Wir müssen uns vor Leandro und Markus in Acht nehmen. Sie

sind äusserst gefährlich und wer weiss, ob sie auch uns töten wollen», sagte Alexandra verängstigt.

«Ja… Wir sollten nicht vom Schlimmsten ausgehen, aber
letztendlich wissen wir nicht, was in ihren Köpfen vorgeht.
Möglich ist alles.»

Kapitel 8

Trotz der eigenartigen Stimmung und dem allgemeinen Unbehagen trafen sich alle zum gemeinsamen Abendessen im Speiseraum. Luisa weigerte sich zuerst, ihr Hotelzimmer zu verlassen, hatte aber schliesslich Markus strengen Worten nachgegeben. Der frisch zubereitete Gemüsecurry von Stefanie roch ausgezeichnet, und die Gastgeberin schenkte allen Gästen Wasser vom grossen Krug ein. Der Champagnerkorken würde heute nicht knallen - wider Erwarten gab es keinen Grund zum Feiern.

Alle waren angespannt und mochten sich nicht über den Mord unterhalten, selbst Markus starrte nur stumm auf seinen Teller und schlang das Essen wortlos herunter. Alexandra stocherte mit der Gabel lustlos im Reis herum: Obschon Stefanie der Curry sehr gelungen war, brachte sie nicht mehr als ein paar Reiskörner herunter.

«Du brauchst Stärke», flüsterte Stefanie ihr zu und ermutigte Alexandra, trotz der Appetitlosigkeit weiter zu essen. Alexandra seufzte tief und zwang sich zu einem weiteren Bissen.

«Ich hatte noch nie solch schlechte Esser zu Besuch», sagte Stefanie mit einem Blick auf die halbvollen Teller, doch auch sie selbst hatte keinen Appetit gehabt. Stefanie ass ohnehin schon wenig, und die Ereignisse des heutigen Tages hatten ihr auf den Magen geschlagen. Stefanies Kleider flatterten an ihrem dünnen, ausgemergelten Körper als sie die Teller zusammenräumte und in die Küche trug. Auch Leandro erhob sich von seinem Stuhl und warf zwei Holzscheite in das lodernde Kaminfeuer. Draussen dämmerte es bereits und das Feuer war wegen des Stromausfalls die einzige Licht- und Wärmequelle im Raum.

«Hast du Kerzen?», fragte Leandro, kaum kam Stefanie in den Speisesaal zurück.

«Ja, eine ganze Menge…»

Stefanie stutze, und ihr Gesichtsausdruck war schockiert.

«Was denn?», fragte Leandro.

«Ich habe die Kerzen in der Vorratskammer», stellte Stefanie leise fest und senkte ihren Blick. «Aber im Haus verteilt habe ich noch einige Kerzen… Im Gang gibt es ein oder zwei und hier drinnen sind drei.»

Stefanie wirbelte im Raum herum und stellte drei weisse Kerzen auf den Tisch.

«Das genügt, wir gehen nicht in die Vorratskammer», entschied Markus. «Wir müssen einfach sparsam mit den Kerzen umgehen, da wir nicht wissen, wie lange der Stromausfall andauert.»

Stefanie nickte mit etwas geistesabwesendem Blick und verliess den Speisesaal, um die zwei weiteren Kerzen zu holen. Sie war alleine auf dem Flur, als sie plötzlich vor Schreck zusammenzuckte und einen Schrei unterdrückte. Sie blickte in die knöcherne Augenhöhle des toten Hirschkopfes, welcher direkt vor ihr an der Wand hing. Obschon Stefanie schon etliche Male an diesem Geweih vorbeigelaufen war, hatte sie sich noch nie zuvor daran erschreckt. Durch die gegebenen Umstände wirkte die Jagdtrophäe ihres Urgrossvaters plötzlich ausserordentlich makaber.

Stefanie schauerte, packte die beiden Kerzen auf dem Abstelltischchen und eilte so schnell wie möglich zurück in den Speisesaal.

«So, hier sind die restlichen Kerzen», meinte Stefanie, als sie den Raum betrat. «Die eine ist zwar schon ziemlich weit abgebrannt, aber für ein paar Stunden reicht das Wachs noch aus.»

Leandro nickte. «Das passt, danke Steffi.»

Stefanie setzte sich zu den anderen an den Tisch und stellte die Kerzen ab. Sie spürte, wie sie dabei von Markus beobachtet wurde.

Leandro lehnte sich etwas im Stuhl zurück und blickte zu seinem Bruder.

«Vermutlich sind die Ermittlungen einfacher, als wir denken», wandte er sich zu Wort.

«Wenn das Blut im Hotelzimmer von einem Kampf herrührt, wird der Angreifer mit grosser Wahrscheinlichkeit Verletzungen aufweisen. Wenn wir wissen, wer tätlich gegen Tamara vorging, sind wir dem Mörder schon ein grosses Stück näher.»

Markus Miene hellte sich auf. «Ja. Wir müssen überprüfen, ob jemand von uns eine Verletzung hat.»

Stefanie und Alexandra warfen sich einen vielsagenden, skeptischen Blick zu. Sie waren sich nicht sicher, was sie davon halten sollten, gaben den Aufforderungen aber nach und liessen sich von ihren weiblichen Kolleginnen untersuchen. Sehr zögerlich streiften sie sich die Kleider ab und untersuchten die Körper auf Verletzungen. Leandro und Markus wichen auf den Korridor aus, um die Intimsphäre der Frauen zu respektieren.

«Niemand von uns hat eine Verletzung», rief Alexandra und zog sich das Kleid rasch wieder an. Als sie sich fertig angekleidet hatten, kamen Leandro und Markus zurück in den Speisesaal. «Markus und ich haben auch keine Verletzungen. Folglich ist das Blut im Zimmer nur von Tamara, der Angreifer hat sich beim Kampf nicht verletzt.»

Giulia runzelte die Stirn. «Es ist schon merkwürdig», meinte sie, «warum sollte sich beim Kampf nur Tamara verletzen? War der Angreifer Tamara körperlich so deutlich überlegen?»

Sie dachte sich, dass Luisa äusserst sportlich war und diverse Kampfsporttechniken beherrschte, während Leandro und Markus über einen starken Körperbau verfügten. Nur jemand von ihnen konnte Tamara angreifen und selbst unverletzt davonkommen.

Markus blickte auffordernd zu Luisa. «Du musst erzählen, dass du in Tamaras Hotelzimmer herumspioniert hast und nach dir nur noch Tamara den Raum betrat», flüsterte er ihr zu, doch Luisa schüttelte stumm den Kopf.

«Luisa, es ist wichtig. Es handelt sich um einen Mordfall.»
«Nein, ich sage nichts.»

Luisa war selten so beharrlich und hartnäckig wie in diesem Moment, sie verschränkte die Arme vor der Brust und wich Markus Blick aus.

«Verdammt Luisa», zischte Markus wütend, «wenn du nichts zu verbergen hast, brauchst du dich vor der Wahrheit nicht zu fürchten. Oder ist es dir lieber, wenn ich Leandro erzähle, dass du nach Tamaras Mord ein zweites Mal in sein Hotelzimmer einbrechen wolltest?»

Bestürzt blickte Luisa zu ihrem Gatten, sie schwitzte trotz der kühlen Raumtemperatur. «Das wirst du ihm nicht erzählen!», sagte sie ängstlich und begann leicht zu zittern. Hatte Markus ihr nicht versprochen, das Geheimnis zu wahren?

«Leandro wird mich umbringen, wenn er von meinen Schnüffeleien erfährt!», zischte Luisa ihm zu und sah verängstigt zu ihrem Schwager. Leandros Körper war sehr durchtrainiert und seine buschigen, dichten Augenbrauen zogen sich eng zusammen, als er bemerkte wie Luisa ihn anstarrte. Auch Giulia blickte forschend zu Luisa und kräuselte die Stirn.

«Die Anderen bemerken schon, dass wir etwas zu verbergen haben», flüsterte Luisa möglichst leise, «deshalb lass es jetzt einfach sein, ja?»

Markus biss sich auf die Lippen und nickte kaum merklich mit dem Kopf.

Giulia wandte den Blick von Luisa und Markus ab und begann unruhig im Raum herumzulaufen.

«Es gibt noch jede Menge weiterer Ungereimtheiten», meinte Markus. «Stefanie, weisst du, weshalb Tamara in der Vorratskammer war? Ist der Raum normalerweise nicht verschlossen?»

Stefanie wirkte betreten. «Doch, normalerweise ist immer abgeschlossen. Aber ich war am Backen und holte Mehl, Zucker und Hefe aus der Vorratskammer. Ich liess die Tür kurz offen, falls ich nachher nochmals rein musste. Im Nachhinein wünschte ich natürlich, ich hätte abgeschlossen...»

«Und du weisst nicht, weshalb Tamara in der Vorratskammer war?», wiederholte Markus seine Frage.

«Nein, keine Ahnung.»

Markus dachte nach. Möglicherweise wollte sich Tamara darin vor dem Mörder verstecken, wurde dann aber entdeckt und erschlagen. Was für eine schreckliche Vorstellung. Eine Gänsehaut bildete sich auf seinen Armen und sein Puls beschleunigte sich. Sie fühlten sich ohnehin alle unwohl, und die spärliche Beleuchtung schürte zusätzlich Angst und Unbehagen. Das lodernde Feuer warf tanzende Schatten auf die Gesichter, nur die Umrisse der Menschen und Gegenstände waren noch klar erkennbar. Man hörte nichts als das Knistern des Feuers, und diese Stille war erdrückend. Luisa wollte dieser unangenehmen Stimmung als Erste entfliehen und verabschiedete sich von allen. Sie machte sich auf den Weg zu ihrem Schlafzimmer und hatte eine Kerze mitgenommen, welche sie behutsam vor sich trug. Sie lief langsam, damit die zarte, wild flackernde Flamme nicht erlosch.

Dann zuckte sie zusammen.

Kapitel 9

Luisa, warte.»

Erschrocken drehte sich Luisa um und brauchte eine Weile, bis sie begriff, wer nach ihr gerufen hatte.

«Giulia! Was ist denn?», fragte Luisa und hob die Kerze. Trotz des schwachen Lichts war zu erkennen, dass Giulia sehr mitgenommen aussah. Dass sie bleich war, konnte an der Beleuchtung liegen, aber die grossen Pupillen, die Stirnfalten und ihre verängstigte Stimme sprachen für sich. Sie hielt ihre Kerze fest umklammert, als habe sie Angst sie würde ihr entrissen, und sah Luisa mit ihren unschuldigen Augen an.

«Ich möchte gerne mit dir reden. Hast du einen Moment Zeit für mich?»

Luisa zögerte.

«Bitte, es dauert auch nicht lange», meinte Giulia und schenkte Luisa ihren liebsten, treuherzigsten Blick.

«Na schön», meinte Luisa seufzend.

«Du kannst in mein Zimmer kommen, dort haben wir unsere Ruhe.»

Sie liefen den Flur hinunter und betraten Giulias Hotelzimmer. Als sie sich auf die Holzstühle setzten, dachte sich Luisa, dass Giulia trotz den Sorgenfalten ausserordentlich hübsch war. Sie bewunderte Giulias schwungvolle Locken, ihre grosse Statur und das sanfte Gesicht. Das dominante

Muttermal an der Wange war das Einzige, was als ästhetischer Mangel ausgelegt werden könnte, anderseits trug genau dieses Merkmal zu Giulias bleibendem optischen Eindruck bei. Die meisten Menschen konnten Giulia und Tamara seit deren Kindheit nur durch dieses Muttermal voneinander unterscheiden.

«Du hast vorhin mit Markus getuschelt, und es wirkte, als verheimlicht ihr etwas vor uns», sagte Giulia in bemüht beiläufigen Tonfall, worauf hin Luisa etwas öfters blinzelte als üblich.

«Nein, es ist nichts», meinte sie.

Giulia seufzte leise. «Luisa, bitte belüge mich nicht. Du bist eine ausgesprochen schlechte Lügnerin, und das wird auch die Polizei bemerken. Erzähle mir, was du weisst.»

Luisa zögerte. Sie dachte an Markus, der ihr dazu geraten hatte, die Wahrheit zu erzählen. Sie wollte sich kein Eigengoal schiessen, aber wenn sie ohnehin so einfach zu durchschauen war, machte Leugnen keinen Sinn. Luisa seufzte.

«Na schön. Meine Informationen sind vermutlich äusserst brisant, früher oder später werde ich sowieso damit herausrücken müssen. Aber bitte versprich mir, dass du es nicht weitererzählst. Ich habe grosse Angst, weil jemand unter uns ein Mörder ist.»

Giulia nickte. «Natürlich, dein Geheimnis ist bei mir sicher.»

«Du erzählst auch Leandro nichts, ja?», hackte Luisa nach.

«Nein, natürlich nicht. Ich sagte doch, dein Geheimnis ist bei mir sicher.»

Luisa zögerte noch einen Moment, doch dann begann sie zu erzählen.

«Ich war kurz vor Tamaras Ermordung in ihrem Zimmer, denn ich misstraute Leandro. Ich und meine Familie haben ihm viel Geld anvertraut, und ich wollte den Beweis finden, den Tamara angesprochen hatte. Ich wollte mich selbst von der Sache überzeugen und verhindern, dass Tamara den Beweis Leandro zuliebe doch nicht der Polizei aushändigt.»

Giulia zog erstaunt die Augenbrauen hoch.

«Wow. Das hätte ich nicht erwartet. Und wie bist du in das Zimmer hineingekommen?»

«Die Tür war nicht verriegelt, nur deshalb bin ich überhaupt in Versuchung gekommen. Ursprünglich wollte ich kurz nach draussen gehen, doch auf dem Korridor begegnete ich Leandro und sah, wie er das Zimmer verliess, ohne es mit dem Schlüssel abzuschliessen.»

Giulia runzelte die Stirn. Warum sollte Leandro das Zimmer offenlassen? Gespannt hörte sie zu, was Luisa weiter zu erzählen hatte.

«Ich war nur ganz kurz in Tamaras und Leandros Zimmer, so etwa zwei oder drei Minuten, aber ich bin mir sicher, dass ich während dieser Zeit alleine war. Ich richtete ein riesiges Chaos an, durchwühlte alle Schubladen und Koffern. Eigentlich wollte ich alles wieder aufräumen, aber dazu fehlte mir die Zeit. Ich hörte, wie du und Tamara euch draussen unterhalten habt, was bedeutete, dass Tamara bereits auf dem Weg zurück in ihr Zimmer war! Panisch schlich ich nach draussen und hatte mehr Glück als Verstand, indem ich unbemerkt entkam.»

Giulias Miene erhärtete sich, denn sie erinnerte sich gut an das Gespräch, dass sie damals mit Tamara geführt hatte. Sie wollte Tamara damals erklären, warum sie etwas mit

Leandro angefangen hatte, aber Tamara liess sie nicht ausreden. Das wäre Giulias einzige Möglichkeit gewesen, sich bei Tamara für alles zu entschuldigen und ihre Sicht der Dinge darzustellen. Aber Tamara hatte ihr die Möglichkeit nicht gegeben und verstarb, bevor sie Giulia vergeben konnte. Giulia musste sich beherrschen, um nicht zu weinen. «Hast du unser Gespräch gehört?», fragte sie mit erstickter Stimme.

«Ja», sagte Luisa und mied dabei den Augenkontakt.

Sie verachtete Giulia dafür, ihre eigene Schwester hintergangen zu haben. Es gibt Dinge im Leben, für die man sich nicht entschuldigen kann, überlegte sie sich.

«Ich habe mich im Türrahmen eines leeren Zimmers versteckt und euch zugehört. Ich rührte mich nicht von der Stelle und vernahm, wie Tamara nach eurer Diskussion in ein Zimmer verschwand. Nach etwa fünf Minuten ist Tamara wieder aus dem Zimmer herausgekommen.»

Giulia blickte Luisa wachsam an. «Sah sie aus, als hätte sie gerade gekämpft?», fragte sie.

«Ich weiss es nicht, ich habe nicht hingesehen. Ich hörte nur, wie sich die Tür öffnete und wieder schloss.»

«Aber das könnte theoretisch auch eine andere Tür gewesen sein.»

«Ja, eigentlich schon. Ich habe einfach angenommen, dass es Tamaras Tür war, und dass sie nun ihr Zimmer wieder verliess.»

«Okay. Was ist danach passiert?», fragte Giulia.

Luisa erzählte, wie sie in ihrem Versteck geblieben war und nach ungefähr weiteren fünf Minuten gesehen hatte, wie Markus aus seinem Zimmer kam.

«Ihn hast du gesehen? Warum hast du ihn gesehen und Tamara nicht?», fragte Giulia nach.

«Das Zimmer von mir und Markus ist auf der gegenüberliegenden Seite des Flurs, deshalb konnte ich ihn deutlich sehen. Tamaras Zimmer war jedoch auf der gleichen Korridorseite, auf der ich mich versteckte. Um Tamara zu sehen, hätte ich mich aus meinem Versteck herauslehnen müssen, und das war mir zu riskant.»

Giulia warf ihr blondes Haar über die Schultern. «Aber wie ist es möglich, dass du Markus gesehen hast und er dich nicht?»

Giulia war anzumerken, dass sie der Erzählung nicht ganz traute.

«Markus hätte mich gesehen, wenn er in meine Richtung geschaut hätte. Mein Versteck war nicht besonders gut, aber glücklicherweise sah er nicht zu mir rüber. Kaum war er weg, schlich ich in das Hotelzimmer zurück.»

Auf Giulias Armen bildete sich eine Gänsehaut, schnell zog sie ihre Ärmel etwas tiefer.

«Luisa», sagte Giulia leise, «ich weiss, dass du mein Verhalten wegen meiner Beziehung mit Leandro missbilligst. Daher schätze ich es sehr, dass du dennoch offen mit mir sprichst.»

Luisa sah Giulia misstrauisch an. Sie wusste nicht, was sie darauf entgegnen sollte.

«Ich möchte dich nicht länger vom Schlafen abhalten», meinte Giulia mit sanfter Stimme. «Vielen Dank für das Gespräch und gute Nacht.»

Sie verabschiedeten sich voneinander, und Luisa ging zurück in ihr Zimmer. Auf dem Flur war es nun stockdunkel, etwas ängstlich umklammerte Luisa ihre Kerze. Markus wartete im Zimmer bereits auf sie und fragte, wo sie gewesen sei. Obschon es noch nicht spät war, gingen bereits alle ins Bett. Sie waren erschöpft und wollten die Zeit in dieser Abgeschiedenheit so schnell wie möglich hinter sich bringen. Es war ein unangenehmes Gefühl, mit einem Mörder eingeschlossen zu sein und niemanden um Hilfe rufen zu können. Alle fürchteten sich vor einem weiteren Mord. Die knarrenden, alten Holztüren konnte man mühelos eintreten, dessen waren sie sich sicher, und doch drehten nachts alle den Schlüssel um.

Durch den Stromausfall war es in den Hotelzimmern ausgesprochen kalt, weswegen sie sich in die dicken Daunendecken einkuschelten und Pullover über die Nachthemden trugen. Die Dunkelheit hatte etwas Unheimliches und Bedrohliches an sich, doch die brennende Kerze neben dem Bett zu lassen war zu gefährlich, falls diese in der Nacht umkippte. Es dauerte lange, bis die Besucher des Aldenhorns in den Schlaf fielen. Sie wälzten sich unruhig in ihren Betten und dachten über die Geschehnisse des vergangenen Abends nach. Sie spitzen die Ohren und lauschten, ob draussen auf dem Korridor jemand herumschlich. Sie wussten nicht, ob sie sich vor lauter Angst sogar schon Geräusche einbildeten, denn sie erwarteten regelrecht, dass nochmals etwas passieren würde.

Doch die Nacht verging und ein neuer Tag brach an. Das Licht schien hell durch die Spalten der Fensterläden und weckte die übermüdeten Hotelgäste.

Stefanie stand als Erste auf und servierte den Zopf, welchen sie am Vortag gebacken hatte. Markus rief um 10 Uhr allen Gästen, damit sie gemeinsam frühstücken konnten. Aber die Stimmung hatte sich über Nacht nicht verbessert, schweigend sassen sie nebeneinander und kauten lustlos auf dem leckeren Zopf.

Markus sah hinüber zu Giulia und fing sie nach dem Essen ab, um auch sie über die Geschehnisse des Vortages zu befragen. Sie setzten sich wieder auf die Holzstühle in Giulias Hotelzimmer. Giulia hatte sich eine Wolldecke auf den Schoss gelegt, damit sie nicht fror.

Markus fragte Giulia, wie es ihr nun gehe, worauf sie traurig antwortete, dass er sich das ja denken könne.

«Hattest du ein enges Verhältnis zu Tamara?», fragte Markus aufmerksam.

Giulia überlegte. «Als Kind bestimmt, aber mit den Jahren wurde es schwieriger, den Kontakt aufrecht zu erhalten. Wir mochten uns sehr und wohnten nicht weit voneinander entfernt, aber du weisst ja wie schnell sich der Terminkalender füllt und wie schwierig es ist, allen Freunden und Verwandten gerecht zu werden.»

Markus besass im Gegensatz zu Giulia relativ wenig Freunde. Diese traf er regelmässig an Schachturnieren und hatte nie Probleme damit, Kontakte aufrecht zu erhalten. Trotzdem nickte er mit verständnisvoller Miene.

«Tamara und ich hatten nie grössere Auseinandersetzungen», fuhr Giulia fort, «insgesamt würde ich unsere Beziehung als sehr gut beschreiben.»

«Aber du warst Tamara gegenüber nicht besonders loyal, falls ich dies anmerken darf», sagte Markus mit hochgezogener Augenbraue, woraufhin Giulia ihn verärgert ansah.

«Du verstehst das nicht», sagte sie aufgebracht. «Ich habe jahrelang gelitten, weil ich meine Gefühle unterdrücken musste. Ich lebte mit Schuldgefühlen, da ich den Partner meiner Schwester liebte und nicht gegen meine Emotionen ankämpfen konnte. Aber schon in der Kindheit hat mir Tamara immer alles weggenommen, was ich begehrte, und dieses eine Mal wollte ich dies nicht hinnehmen. Trotzdem fühlte ich mich schlecht deswegen. Als Tamara gestern ausrastete, war ich am Boden zerstört. Ich verkroch mich etwa eine Stunde lang in mein Zimmer und weinte. Als ich später das Gespräch mit Tamara suchte, wich sie mir aus.» «Verstehe… Das muss sehr schwierig für dich gewesen sein. Wie würdest du Tamara grundsätzlich beschreiben?» Giulia legte den Kopf etwas schräg und überlegte.

«Tamara war bildhübsch, und das wusste sie. Wenn sie einen Raum betrat, spürte man ihre Aura und drehte sich nach ihr um. Sie hat die Aufmerksamkeit stets genossen und im Theaterspielen einen Weg gefunden, noch öfters im Mittelpunkt zu stehen. Doch wie wir alle wurde auch Tamara älter, und sie büsste etwas an Schönheit ein. Ich nehme stark an, dass ihre Eitelkeit darunter gelitten hat. Du glaubst nicht, wie viele Stunden sie schon als Teenager vor dem Spiegel verbrachte! Sie definierte sich über das äussere Erscheinungsbild und nutze die sozialen Medien dazu, um ihr Leben möglichst perfekt darzustellen. Selbst wenn sie den Tiefpunkt ihres Lebens erreicht hätte, würde sie noch sagen, dass es ihr gut geht.»

Markus legte seine Fingerspitzen aufeinander und kräuselte die Stirn. «Das ist eine sehr treffende Beschreibung, finde ich», meinte er leise. «Tamara war sehr um einen perfekten Schein bemüht, doch ihre Fassade begann zu bröckeln.»

Giulia nickte. «Ja, und wie die Fassade bröckelte. Ihr Lachen war nicht mehr authentisch und sie verlor ihre Aura. Es war, als habe sie sich selbst verloren.»

Giulia schluckte leer, nachdem sie dies gesagt hatte, und blinzelte mehrfach.

«Und warum denkst du, hat sie ihre Aura und das natürliche Lächeln verloren?», fragte Markus leise.

Giulia stockte. «Weil sie spürte, dass die Beziehung mit Leandro dem Ende zuging…»

Markus überschlug sein Bein. «Dann muss sie ihn aber noch geliebt haben, sonst hätte sie dies nicht so sehr mitgenommen», meinte er.

Giulia rann eine Träne über die Wange, welche sie sich rasch abwischte. «Ich… Ich weiss es nicht… Möglicherweise…»

Giulia wirkte sehr betreten und niedergeschlagen. Wie ein Haufen Elend sass sie im Stuhl und zupfte nervös an den Ärmeln ihres Pullovers. Markus zeigte kein Mitleid und fuhr unbeirrt mit seinen Fragen fort.

«Luisa hat mir gestern erzählt, dass du mit ihr gesprochen hast und sie über den Einbruch in Leandros Zimmer ausgefragt hast», sagte er. «Warum hast du das Gespräch mit ihr gesucht? Willst du nun auch eigene Ermittlungen aufnehmen?»

Giulia schüttelte vehement den Kopf. «Nein, das möchte ich nicht. Aber ich habe gesehen, dass Luisa gestern mit dir getuschelt hat. Ich wusste, dass ihr etwas vor uns verbergt, und das gefiel mir nicht. Ich wollte wissen, was los war.»

«Natürlich, das verstehe ich. An deiner Stelle hätte ich auch nachgefragt.»

Giulia lehnte sich im Stuhl zurück und kuschelte sich in die Wolldecke.

«Wie hast du die Ankunft im Hotel Bellechasse empfunden?», fragte Markus.

«Es war schön, hierher zurückzukommen. Tamara und ich waren in der Kindheit oft mit unseren Eltern hier, und seither hat sich kaum etwas verändert. Das Berghotel versprüht so viel Charme, und ich liebe es in alten Erinnerungen zu schwelgen.»

Markus Miene war ausdruckslos. «Und danach? Wie empfandest du Tamaras Verhalten? Den ganzen Streit?»

Giulia rutschte auf dem Stuhl herum. «Ich verstand Tamaras Verhalten gut, sie war sehr enttäuscht von mir und Leandro.»

Markus atmete hörbar ein. «Und du fandest nichts an ihrem Verhalten sonderbar?», fragte er.

Giulia schüttelte den Kopf und blickte Markus fragend an. Worauf wollte er hinaus?

«Die seltsamen Ereignisse kündigten sich schon bei unserer Ankunft an, wenn du mich fragst», meinte er. «Tamara sah völlig mitgenommen aus. Sie wollte gute Laune vortäuschen und Partystimmung verbreiten, dabei sah man ihr schon von Weitem an, dass ihr nicht zum Feiern zu Mute war.»

Giulia dachte kurz nach. «Ja, das mag sein.»

Markus zog die Schultern hoch. «Vielleicht habe ich auch etwas Falsches hineininterpretiert und Tamara hat sich wirklich auf ihren Geburtstag gefreut, das kann gut sein. Aber als sie dann noch mit dem Streit begonnen hatte... Naja... Es wirkte auf mich, als suche sie den Streit. Sie posaunte herum, dass sie betrogen wurde, und ruinierte damit die Stimmung ihres eigenen Geburtages. Warum hat sie dich und Leandro überhaupt eingeladen, wenn sie doch bereits wusste, dass sie betrogen wurde? Warum hat sie euch nicht kurzfristig wieder ausgeladen? Es schien mir, als wolle sie euch bewusst vor versammelter Mannschaft blossstellen.»

Giulias Hände wurden feucht.

«Ich glaube nicht... Tamara mochte mich und Leandro... Sie wollte uns bestimmt nicht blossstellen.»

Giulia redete mehr zu sich selbst als mit Markus.

«Ich sage nur, wie es mir vorkam. Es ist verständlich, dass Tamara wütend auf dich und Leandro war. Bloss frage ich mich, warum sie das unangenehme Thema ausgerechnet an der Feier ansprechen musste.»

Giulia spielte mit dem Saum der Wolldecke und senkte ihren Blick. «Das war einfach ein Gefühlsausbruch, Markus. Sie wollte bestimmt nicht ihren eigenen Geburtstag vermiesen.»

Markus überlegte. «Du hast Tamara als eitel beschrieben und gesagt, dass sie ihr Leben immer perfekt darstellen wollte. Warum hat sie dann eine solche Aufruhr wegen der Affäre gemacht und abrupt mit ihrer Schauspielerei aufgehört?»

Giulia begrub ihre Hände unter der Wolldecke und zog die Beine an den Oberkörper. «Weil ihr alles Zuviel wurde. Es war zu anstrengend, ein perfektes Leben vorzutäuschen, da innerlich alles wie ein Kartenhaus in sich zusammenfiel.»

Markus kräuselte seine Lippen. «Tamara meinte, sie wolle sich bei Leandro für die Affäre rächen. War dies eine leere Drohung oder eine Absichtserklärung?»

Giulia schüttelte den Kopf. «Das war eindeutig ernst gemeint, denn sie war sehr gekränkt. Tamara wollte schon in ihrer Kindheit Ungerechtigkeiten begleichen. Dabei lag es in ihrem eigenen Ermessen, was sie als ungerecht einstufte.»

Markus lehnte sich etwas in seinem Stuhl zurück und wirkte ausgesprochen ernst.

«Also würdest du Tamara als rachsüchtig einstufen», meinte er.

Giulias Pupillen weiteten sich. Sie setzte sich wieder gerade hin und legte die Hände auf den Tisch.

«Rachsüchtig klingt ausgesprochen hart, so habe ich das nicht gesagt! Aber irgendwie hast du schon recht... Um ihren Sinn für Gerechtigkeit durchzusetzen, schmiedete Tamara seit jeher Rachepläne. Damit wollte sie niemandem etwas Böses tun, es war bloss ihre Art um mit emotionalem Schmerz auszukommen und mit vergangenen Ungerechtigkeiten abzuschliessen.»

«Dann haben wir hierzu die gleiche Einschätzung», sagte Markus. «Auf den ersten Blick wirkte Tamara auf mich etwas kalt und distanziert, doch bei näherem Kennenlernen entpuppte sie sich als sehr emotionale, verletzbare Person, welche zeitweise mit sich und dem Leben überfordert schien.»

Giulia sagte nichts dazu. Sie legte ihren Kopf etwas schräg und beobachtete Markus mit seinen dunklen Augen und der runden Brille, mit welchen er alles um sich herum wahrzunehmen schien. Vermutlich war seine besondere Beobachtungsgabe notwendig für das Schach, damit er seine Gegner durchleuchten und die folgenden Spielzüge erahnen konnte. Sein eigenes Gesicht erinnerte an einen Pokerspieler. Mit seinem glattrasierten Gesicht, der Kurzhaarfrisur und der immerzu sehr eleganten Kleidung wirkte er viel zu seriös, als dass man sich ihn bei einer spassigen Betätigung vorstellen konnte.

«Etwas lässt mich einfach nicht los», sagte er. «Tamara wurde von hinten erschlagen, der Mörder hat ihr Gesicht möglicherweise nicht gesehen. Was, wenn Tamara nur ermordet wurde, weil sie mit dir verwechselt wurde? Von Hinten kann man euch kaum voneinander unterscheiden, und ihr habt ähnliche Kleidung getragen.»

Giulia erstarrte. «Du meinst, dass eigentlich ich umgebracht werden sollte?», fragte sie mit zitternder Stimme.

Markus zuckte die Schultern. «Möglich ist es, nicht wahr?»

Giulia schauerte. «Theoretisch schon… Aber warum sollte mich jemand umbringen wollen?»

«Das solltest du besser wissen als ich», antwortete Markus.

Giulia starrte ihn an.

«Ich… Ich weiss es nicht…»

Markus stand von seinem Stuhl hoch. «Überlege gut, Giulia», forderte er sie auf und lief zum Fenster, wo er den Vorhang leicht auf die Seite schob und hinausspähte.

«Ich weiss, dass mich viele der Anwesenden verachten», meinte Giulia leise. «Luisa, Stefanie und Alexandra waren wegen meinem Verhältnis mit Leandro sehr wütend auf mich, aber deswegen würden sie mich kaum gleich umbringen wollen. Und mit Alexandra hatte ich mal eine Auseinandersetzung, welche aber schon viel zu lange her ist.»

Markus horchte auf und schob seine Brille nach oben.

«Was für eine Auseinandersetzung?», fragte er.

Giulia seufzte. «Es hat bestimmt nichts zu bedeuten, denke ich, aber ich werde es dir dennoch erzählen. Vor rund zwei Jahren erkrankte Alexandras Stiefvater Tom an Bauchspeicheldrüsenkrebs, und Alexandra hat sich sehr hingebungsvoll um ihn gekümmert. Diese Zeit war enorm hart für sie. Sie verbrachte nahezu die ganze Freizeit bei ihm, konnte aber nichts für ihn tun. Auch ihre damalige Beziehung mit Dominik hat sehr darunter gelitten, denn Alexandra war emotional sehr angespannt und ertrug nichts mehr. Sie fand kaum Zeit für ihre Freunde und ihren Partner, was ich aber durchaus verstehe. Tom war für Alexandra wie ein leiblicher Vater, insbesondere da sie ihren biologischen Vater nie kennengelernt hat.»

Giulia wandte ihren Kopf zum Fenster und seufzte tief, ehe sie fortfuhr. «Toms Heilungschancen waren von Beginn an sehr tief. Alexandra beobachtete, wie es ihm von Tag zu Tag schlechter ging. Ich hatte damals kaum Kontakt zu ihr, aber Tamara hat mir von Alexandras Kummer erzählt. Ausser Alexandra kümmerte sich niemand um Tom. Alexandras Mutter hatte seit der Kampfscheidung vor rund fünf Jahren keinen Kontakt mehr zu ihm, und Toms leibliche Kinder aus erster Ehe besuchten ihn in dieser schwierigen Zeit ebenfalls nicht. Toms Zustand belastete sie zu sehr, hätten sie gesagt. Doch kaum war Tom tot, stürzten sich seine Kinder wie Geier auf das Erbe. Alexandra nahm es ihren Stiefgeschwistern sehr übel, dass sie sich nicht um ihren Vater gekümmert hatten. Doch sobald es um das Erbe ging, kamen sie angerannt.»

«Das liebe Geld», murmelte Markus, «wie unglaublich geschmacklos sich die Leute deswegen benehmen. Aber was hat dies mit dir zu tun?»

Giulia legte die Decke beiseite. «Alexandras Stiefvater war sehr vermögend», fuhr sie fort, «und Alexandra hatte kaum Geld für einen Anwalt. Da ich soeben mein Anwaltsmandat erhalten hatte, bat mich Tamara um einen Gefallen. Ich sollte mich für Alexandra einsetzen und dafür sorgen, dass sie ein Erbe erhielt. Ich übernahm den Fall, konnte aber nichts bewirken. Es lag kein Testament vor und die gesetzlichen Grundlagen waren klar: Alexandra erhielt keinen Rappen, da keine familienrechtliche Bindung zu Tom bestand. Aufgrund meiner damaligen Unerfahrenheit als Anwältin hegte Alexandra jedoch einen grossen Groll gegen mich. Sie hatte finanzielle Probleme und war sich sicher, dass sie mit einem erfahrenen Anwalt ein anderes Urteil erreicht hätte. Sie kämpfte letztendlich nicht nur um das Geld, sondern um die Gerechtigkeit. Sie sah in Tom eine Vaterfigur und fühlte sich diskriminiert, weil ihre Stiefschwestern trotz der anscheinend weniger engen Beziehung zu Tom rechtlich bevorzugt wurden.»

Markus legte seine Stirn in Falten.

«Das sind wichtige Informationen.»

Giulia winkte ab. «Klar ist es wichtig, aber würde mich Alexandra bloss wegen diesem Gerichtsurteil umbringen wollen?», fragte sie skeptisch.

«Du würdest staunen, es wurden schon Morde aus wesentlich geringeren Beweggründen verübt.»

Giulia seufzte.

«Vielen Dank für das aufschlussreiche Gespräch», sagte Markus. «Du kannst darauf vertrauen, dass ich alles daransetze, den Mörder deiner Schwester zu stellen.»

Giulia formte ihre Lippen zu einem «danke».

«Warum tust du das?», fragte sie leise.

«Du meinst, warum ich ermittle und mich dabei selbst in Gefahr begebe?»

Giulia nickte.

«Für die Polizei ist Tamara eine Fremde, ihr Mord ist einer von tausenden», meinte Markus. «Die Kriminalisten werden uns befragen, aber ihr Interesse an einer Aufklärung ist nicht gleich gross wie unseres. Für uns ist Tamara mehr als nur eine Akte. Für uns ist sie eine gute Freundin, die uns nie wirklich verlassen wird.»

In Giulias hellblauen Augen bildeten sich Tränen. «Danke Markus… Ich habe grosses Vertrauen in die Polizei, aber ich schätze dein Engagement sehr. Solange ich nicht weiss, wer Tamara tötete, werde ich vermutlich keine Ruhe finden.»

«Du musst auf dich aufpassen, Giulia» sagte Markus und zeigte eine fürsorgliche Seite, welche Giulia niemals von ihm erwartet hätte.

«Leandro liebt dich sehr, und er erträgt es nicht, nochmals jemanden zu verlieren. Wenn Tamara nur gestorben ist, weil man sie mit dir verwechselte, bist du in akuter Lebensgefahr.»

Giulia wich Markus Blick aus und sah über ihre Schulter auf den Boden. «Was soll ich tun», sagte sie leise, «ich bin bereits so vorsichtig wie nur möglich. Aber wenn mich wirklich jemand umbringen will, wird ihm das auch irgendwie gelingen, befürchte ich.»

Kapitel 10

Nach dem aufschlussreichen Gespräch mit Giulia suchte Markus nach Stefanie. Diese war in einer äusserst schlechten psychischen Verfassung.

«Ich habe immer an das Gute im Menschen geglaubt», erklärte sie Markus, «umso unverständlicher ist dieser grausame Mord an meiner besten Freundin. Tamara war so lieb, hilfsbereit und gutmütig, wie konnte sie jemand derart kaltblütig ermorden!»

«Genau dies werden wir gemeinsam herausfinden», sagte Markus und setzte sich hin.

Sie befanden sich in einem leerstehenden Hotelzimmer, in welchem sie ungestört reden konnten.

«Du warst während der Tatzeit im Speisesaal?», fragte Markus nach.

«Ja, genau. Ich habe etwas später mit eurer Ankunft gerechnet und war daher im Verzug. Ich musste noch den Zopf fertig backen und den Tisch decken. Gerade als ich ein Holzscheit in den Kamin warf, hörte ich ein seltsames Geräusch. Zuerst dachte ich, ich habe mir dies nur eingebildet, doch mir war mulmig zumute. Schliesslich sah ich nach, was los war.»

«Dieses Geräusch hörte ich auch», sagte Markus, «ausserdem stank es fürchterlich. Hast du dies auch gerochen?»

Stefanie schüttelte den Kopf. «Nein. Allerdings habe ich keine sonderlich gute Nase.»

«Der Gestank war sehr penetrant. Es roch, als habe sich jemand die Haare verbrannt.»

Stefanie fand keine Erklärung dazu, woher dieser Gestank kommen könne, weshalb Markus das Thema wechselte.

«Seit wann führst du dieses Hotel?», fragte er.

«Seit Oktober vorletzten Jahres, also seit etwas über einem Jahr. Ich habe das Hotel von meinen Eltern übernommen, welche inzwischen beide in einem fortgeschrittenen Alter sind und sich zur Ruhe setzen wollten.»

«Fühlst du dich hier oben nie alleine? Die Landschaft ist sehr karg, und es gibt weit und breit keine Häuser», fragte Markus und überschlug seine Beine.

«Naja, man ist hier tatsächlich sehr abgelegen. Aber ich geniesse die Ruhe und habe so viele Gäste, dass ich nie wirklich alleine bin. Dieses Hotel zu übernehmen war schon immer mein Lebenstraum.»

Stefanie lächelte sanft, und ihre traurige Miene erhellte sich ein wenig.

«Wer hatte die Idee dazu, den Geburtstag im Hotel Bellechasse zu feiern?», fragte Markus aufmerksam und rückte seinen Stuhl etwas näher an den kleinen Holztisch.

Stefanie wirkte bedrückt. «Das kam von mir aus… Ich wollte Tamara mit der Einladung aufs Aldenhorn eine Freude bereiten, denn sie mochte diesen Ort sehr. Dass die Abgeschiedenheit zu Tamaras Verhängnis werden könnte, hätte ich niemals gedacht.»

Markus entschied sich, das Thema abzuwenden, denn Stefanie wirkte noch bekümmerter und schien sich insgeheim Selbstvorwürfe zu machen.

«Du kennst Tamara seit Jahren», stellte Markus fest, «bestimmt hattet ihr in diesen Jahren auch Konflikte und Unstimmigkeiten?»

Stefanie dachte nach. «Nein, ich erinnere mich an nichts. Tamara und ich hatten die gleichen Wertvorstellungen und Ansichten, weswegen wir uns trotz den unterschiedlichen Lebensstielen sehr gut miteinander verstanden.»

Markus beäugte Stefanie kritisch. So wie er Stefanie einschätzte, war sie sehr anpassungsfähig und gutmütig, vielleicht war eher dies der Grund für die langjährige Freundschaft. Mit Stefanie zu streiten war nahezu unmöglich. Dass Tamara und Stefanie ähnliche Wertvorstellungen hatten, wagte Markus zu bezweifeln.

«Hat dir Tamara etwas im Vertrauen erzählt, was von besonderer Relevanz ist?», fragte Markus.

Stefanie überlegte. «Nein, in letzter Zeit sprach sie fast ausschliesslich über ihre Probleme mit Leandro.»

«Okay. Dann hast du also keinen spezifischen Verdacht?»

«Nein, wobei…»

Stefanie zögerte. Sie wollte nicht unvorsichtig sein oder Markus vor den Kopf stossen, allerdings hatte sie das Gespräch mit Alexandra sehr aufgewühlt. Was, wenn Leandro und Markus gemeinsam unter einer Decke steckten und Markus mit seinen Ermittlungen von sich abzulenken versuchte?

Markus setzte sich noch aufrechter hin als er ohnehin schon sass.

«Was?», fragte er, als er bemerkte, dass Stefanie etwas auf der Zunge brannte.

Auf Stefanies Stirn hatten sich kleine Schweissperlen gebildet.

«Ich meine es nicht böse», sagte sie mit zittriger Stimme, «aber du bist genauso verdächtigt wie alle anderen. Du verhörst uns, aber was wissen wir eigentlich von dir? Was hattest du beispielsweise direkt nach der Tat bei der Vorratskammer zu suchen?»

Markus seufzte und fuhr sich mit der Hand durch seine kurz rasierten Haare.

«Nichts, ich bin nur zufällig dort vorbeigekommen.» Stefanie blickte ihn fragend an, woraufhin Markus zu einer Erklärung ausholte. «Luisa war angeblich draussen in der Kälte und ich langweilte mich im Hotelzimmer. Wegen dem Unwetter und dem Stromausfall konnte ich weder Fernsehen noch im Internet surfen, und mein Buch hat sich als ausgesprochen langweilig herausgestellt. Deshalb beschloss ich, etwas früher als geplant in den Speisesaal zu gehen und dort nach netter Gesellschaft zu suchen. Also verliess ich mein Zimmer um ungefähr 16 Uhr.»

Markus trug keine Armbanduhr um das Handgelenk, die Uhrzeit musste er jeweils vom Smartphone ablesen.

«Als ich das Zimmer verlassen hatte, hörte ich besagtes Geräusch», fuhr Markus fort. «Vielleicht war jemand umgefallen, überlegte ich mir. Ein unangenehmer Geruch stieg mir entgegen, welchen ich nicht richtig einordnen konnte. War dies der Geruch von verbrannten Haaren? Ich wollte schon in den Speisesaal gehen, als ich bemerkte, dass die Tür zur Vorratskammer offenstand. Wegen dem Geräusch überlegte ich mir, ob du vielleicht von einer Leiter gefallen bist und wollte kurz überprüfen, ob alles in Ordnung war. Aber dann fand ich Tamara.»

Stefanie senkte den Kopf.

«Tamaras Anblick war schrecklich», fuhr Markus bedrückt fort. «Aus dem Hinterkopf trat frisches Blut, und neben ihr lag ein Bügeleisen, mit dem sie vermutlich erschlagen wurde. Tamaras Aufprall auf den Boden wird das laute Geräusch verursacht haben, welches ich vom Korridor aus gehört habe. Im ersten Moment wusste ich nicht, ob Tamara noch lebte und kniete mich deshalb neben sie hin, nahm ihren Arm und fühlte den Puls. Ich spürte keinen Herzschlag und dachte zuerst, ich messe den Puls am falschen Ort, denn schliesslich bin ich nicht bewandert in medizinischen Belangen und habe noch nie einen wirklichen Notfall erlebt. So fühlte ich den Puls noch am anderen Handgelenk und an Tamaras Hals, doch ich spürte nichts. Ich wurde panisch, denn erst jetzt realisierte ich, dass vor mir eine Leiche lag. Da hörte ich Schritte. Sofort rief ich um Hilfe, und Alexandra eilte herbei. Kurz darauf kamst auch du und hast laut und unbeherrscht geschrien. Ich wollte handeln, zog intuitiv meinen Pullover aus und stoppte damit das Blut an Tamaras Hinterkopf. Zwar wusste ich, dass sie tot war, aber irgendwie realisierte ich es noch nicht. Im Nachhinein ist mein Verhalten absolut unerklärlich und äusserst stupid, aber wie gesagt, ich handelte intuitiv. Ich gab dir Anweisungen, um die Anderen zu holen, während Alexandra halbwegs in Ohnmacht fiel. Dann kam auch noch Giulia, welche Tamara auf keinen Fall tot sehen durfte. Ich musste die Führung übernehmen und schauen, dass kein Chaos ausbrach.»

Stefanie nahm es offensichtlich sehr mit, Markus Erzählung zu lauschen, und wischte sich die Tränen mit einem Papiertaschentuch ab. Sie schniefte leise.

«Aber Markus», sagte Stefanie nach einer Weile etwas zögerlich, «du bist wohl der Intelligenteste von uns allen. Warum solltest ausgerechnet du deinen Pullover an den Kopf einer Leiche drücken und deine Spuren am Tatort hinterlassen?»

Markus errötete leicht und kratzte sich an der Nase. «Ich weiss nicht, ob du meinen Intellekt überschätzt. Ich bin ein guter Schachspieler und Experte auf meinem Fachgebiet im Sozialversicherungsbereich, doch heisst dies zwingend, dass ich in jeder Lebenssituation überlegt und intelligent handle? Ich hatte noch nie eine Leiche vor mir und war mit der Situation masslos überfordert. Obschon ich Tamaras Puls nicht mehr fühlte, realisierte ich noch nicht richtig, dass sie tot war, und handelte intuitiv falsch.»

Stefanie nickte. «Klar, ich verstehe was du meinst. Aber indem du Tamaras Puls fühltest und den Pullover an ihren Kopf drücktest, hinterliessest du deine Fingerabdrücke am Tatort. Die Polizei wird nie herausfinden, ob deine DNA-Spuren durch den Mord oder erst später durch das Pulsfühlen an den Tatort kamen.»

Markus verschränkte seine Finger.

«Du hast recht, meine Fingerabdrücke am Tatort sind wegen diesem Handeln noch keinen Beweis für das Verbrechen», meinte Markus. «Wenn ich der Mörder wäre, hätte ich dadurch überaus klug gehandelt, aber ich bin nicht Tamaras Mörder. Natürlich habe ich den Tatort nicht bewusst verändert, aber in diesem Moment war für mich die Hilfestellung wichtiger als die Aufklärung des Verbrechens», erklärte er sich.

Stefanie überlegte. Markus besass die Cleverness, um ein Verbrechen zu begehen und danach ungeschoren zu entkommen, dachte sie betrübt.

«Ich möchte nicht, dass voreilige Schlüsse gezogen werden», sagte Markus. «Ich habe Fehler begangen, das stimmt. Aber ich bin kein Mörder.»

Stefanie wirkte schockiert. «Nein, natürlich nicht, das sollte keine Beschuldigung sein. Ich wollte bloss Klarheit. Du hast keinen Vorteil aus Tamaras Tod gezogen.»

Als Stefanie sprach, schwang etwas Ängstliches in ihrer Stimme mit.

«Das stimmt», sagte Markus. «Es ist gut, dass du deine kritischen Fragen gestellt hast. Schliesslich haben wir beide das gleiche Ziel: Den wahren Täter zu fassen und Gerechtigkeit walten zu lassen.»

Das Gespräch mit Stefanie hatte Markus nachdenklich gestimmt. Er hätte nicht erwartet, dass ihn seine Ermittlertätigkeiten in Verdacht bringen könnten. Tief in Gedanken versunken holte er seine Daunenjacke und ging nach draussen, um frische Luft zu schnappen. Dabei stiess er auf Leandro, der am Rauchen war und überprüfte, ob der Handyempfang inzwischen wieder funktionierte.

«Markus», sagte Leandro überrascht. «In letzter Zeit sehen wir uns häufiger als im ganzen letzten Jahr zusammen.»

Markus zog seine Mundwinkel hoch. «Ja, in der Tat. Ich muss doch schauen, wie es meinem kleinen Bruder in diesen schwierigen Zeiten geht.»

Leandro zuckte mit den Schultern. «Es ging mir schon besser. Dir?»

«Mir auch. Gewisse Gedanken kreisen mir unentwegt durch den Kopf und lassen mir keine Ruhe. Heute hat mir jemand erzählt, dass deine Zimmertür zum Tatzeitpunkt nicht abgeschlossen war. Warum hast du sie offengelassen?»

Leandro wirkte sichtlich überrascht. Da musste ihn jemand sehr genau beobachtet haben. Er fragte Markus, von wem er das wisse, erhielt aber keine Auskunft.

«Das ist eine eigenartige Geschichte», begann Leandro. «Ich habe meinen Schlüssel eigentlich immer in der Jackentasche oder im Türschloss. Gestern Nachmittag suchte ich den Schlüssel überall, doch ich konnte ihn nicht finden. Dabei war ich mir ganz sicher, dass ich ihn ins Schlüsselloch gesteckt hatte! Ich suchte sicher zehn Minuten nach dem dummen Ding, aber irgendwann wurde es mir zu blöd. Ich hatte meine Jacke schon längst angezogen und wollte endlich rauchen gehen. Ich sagte mir, dass ich nachher weitersuchen konnte. Daher verliess ich den Raum, ohne abzuschliessen.»

Markus zog die Augenbrauen hoch. Leandro verlegte alle möglichen Dinge. Es war nicht das erste Mal, dass er seinen Schlüssel verloren hatte.

«Du bist ein Chaot, Leandro», sagte Markus. «Du hast den Schlüssel bestimmt nur übersehen.»

«Nein.»

Leandros Augen waren gross und wachsam. «Ich sage dir, da war etwas faul. Jemand muss meinen Schlüssel geklaut haben.»

Markus machte einen Schritt von Leandro weg, um dem Rauch seiner qualmenden Zigarette auszuweichen.

«Warum denkst du das?», fragte er aufmerksam.

«Weil ich ihn ganz sicher im Schlüsselloch hatte! Das kannst du mir glauben. Ich verlege oft etwas, aber dieses Mal nicht. Ich hatte den Schlüssel immer im Schlüsselloch oder in meiner Jacke, deshalb muss mir ihn jemand entnommen haben. Aber das ist noch nicht alles! Ich ging also nach draussen und legte als Türstopper einen mittelgrossen Stein zwischen die Eingangstür, damit ich auch ohne Schlüssel wieder ins Hotel hineinkam. Ich rauchte zwei Zigaretten, so wie immer. Es schneite unentwegt und war trotz des Vordachs verdammt ungemütlich. Ich fror und wollte wieder hineingehen. Doch jemand hat den Stein weggekickt! Ich kam nicht mehr hinein!», sagte Leandro aufgebracht. Er deutete auf die Stelle, wo er den Stein hingelegt hatte. Dann sah er sich um, ob der Stein noch irgendwo lag.

«Jemand hat ihn weggekickt und mich ausgeschlossen. Es ist unmöglich, dass der Stein von selbst wegrollte.»

Markus überlegte. Wurde Leandro vom Mörder ausgesperrt, damit er nichts von der Tat mitbekam und Tamara nicht zur Hilfe eilen konnte? Dies würde bedeuten, dass der Mörder ihm den Schlüssel klaute und die Tragödie schon im Voraus perfekt geplant hatte.

Die Frage war nur, ob ihm die Polizei diese Geschichte abkaufen würde. Es gab keinen Beweis dafür, dass Leandro von jemandem ausgesperrt wurde. Die Tatsache, dass sein Schlüssel später in seinem Schlafzimmer gefunden wurde, machte seine Aussage eher unglaubwürdig.

«Warum hast du nicht an der Tür geklingelt?», warf Markus ein.

«Habe ich ja, aber ohne Strom funktioniert die Klingel nicht.»

Markus dachte nach. Das ergab Sinn.

«Hast du eine Vermutung, wer den Schlüssel genommen haben könnte?», fragte er.

Leandro schüttelte den Kopf. «Nein. Es kam niemand in unser Zimmer, und aus der Jackentasche konnte man ihn mir nicht unbemerkt entnehmen.»

Markus runzelte die Stirn. «Das ist wahrlich alles sehr seltsam», überlegte er laut. «Ist dir etwas aufgefallen, als du das Zimmer verlassen hast?»

Leandro dachte kurz zurück.

«Nein. Als ich das Zimmer verliess, traf ich auf Luisa und wechselte einige Worte mit ihr. Soweit ich mich erinnere, hat sie sich nach Tamara erkundigt. Ansonsten ist mir niemand begegnet.»

«Gut», sagte Markus, die Aussagen von Leandro und Luisa passten also miteinander überein.

«Wir müssen davon ausgehen, dass sich mit dem Schlüssel jemand unbefugten Zutritt zu deinem Zimmer beschaffen wollte, um den Beweis gegen deine Vermögensveruntreuung zu finden», fuhr Markus fort. Er wählte seine Worte besonders sorgsam.

«Du hast mehrfach beteuert, kein Geld zu veruntreuen. Falls du diesbezüglich gelogen hast, wird dies die Polizei sehr schnell herausfinden und dich als unglaubwürdig einstufen. Dabei ist Vermögensveruntreuung ein weitaus kleineres Verbrechen als Mord.»

Leandro wirkte nervös und kratzte sich am Nacken. Er schwieg.

«Leandro, die Polizei wird ohnehin alles herausfinden», sagte Markus, welchem die verzweifelte Miene in Leandros Gesicht nicht entgangen war.

Leandro seufzte und begann zu erzählen.

«Meine Kunden sind sehr vorsichtig und wollen ihr Geld vor allem in Obligationen investieren, obschon sie dadurch nur eine minimale Rendite erwirtschaften. Durch meine Expertise als Vermögensverwalter weiss ich allerdings, dass man über einen langfristigen Zeithorizont mit Aktien besser beraten ist. Daher investierte ich die Kundengelder in Aktien statt in Obligationen. Dazu lieh ich mir die Kundengelder aus und überwies ihnen dennoch die Rendite, welche sie mit den Obligationen erwirtschaftet hätten.»

Markus blinzelte. «Verstehe... Mit Geld ausleihen meinst du, dass du das Vermögen deiner Kunden ohne deren Einverständnis für deine eigenen Investitionen missbraucht hast?»

Leandro nickte und wirkte etwas beschämt.

«Schau mich nicht so an, es ist alles gut aufgegangen», murmelte er. «Mit den Aktien habe ich hohe Gewinne erwirtschaftet.»

«Diese Gewinne gingen aber allesamt auf dein Konto», schlussfolgerte Markus und seufzte tief. Trotz seines starren Gesichtsausdrucks war ihm die Enttäuschung anzumerken.

«Ja», murmelte Leandro. «Aber ich habe so gehandelt, dass für den Kunden keinen Nachteil entstand. Deshalb finde ich es übertrieben, von Vermögensveruntreuung zu sprechen. Die Kunden haben durch mein Handeln nicht einen Rappen verloren.»

«Das war mehr Glück als Verstand! Nie hätte ich dir eine solche Habgier zugemutet.»

Leandro schwieg betreten.

«Dann hat Tamara also tatsächlich einen Beweis gefunden, welcher deine illegalen Tätigkeiten nachweist?», fragte Markus leise.

Leandro schüttelte den Kopf. «Nein, Tamaras Behauptung war ein Bluff.»

«Ach ja? Und warum bist du dir da so sicher?», fragte Markus nach.

«Weil ich sehr vorsichtig mit den Daten umgegangen bin. Ich bin schliesslich nicht so dumm und lasse mich erwischen. Tamara hat nie irgendwelche geschäftlichen Unterlagen in die Finger gekriegt, und ich habe ihr auch kaum etwas von meiner Firma erzählt. Als Pharmaassistentin verstand sie nicht viel von der Materie, deshalb ergab es ohnehin keinen Sinn, mich mit ihr über Geschäftliches zu unterhalten.»

Markus sah Leandro durchdringend an. «Aber warum sollte Tamara uns anlügen? Wozu der Bluff?»

Leandro zuckte die Schultern.

«Was weiss ich. Sie wollte mir vermutlich Angst machen und mir drohen. Oder sie wollte, dass ich mich verplappere und alles gestehe.»

«Ich hoffe wirklich, dass du nun die Wahrheit sagst. Wenn Tamara einen Beweis gegen dich besass, wird dies von der Polizei als Mordmotiv ausgelegt werden.»

Leandro entgegnete nichts. Wenn die Polizei in ihren Ermittlungen bewies, dass er Gelder veruntreut hatte, bedeutete dies ausserdem den Untergang seiner Firma. Durch den Reputationsschaden würde er nie wieder einen Job bei einer Bank finden. Er fuhr sich durch seine kurzen, dunklen Haare und seufzte laut.

«Wer von den Anwesenden hat Geld bei der Wanner Wealth Management AG angelegt?», fragte Markus aufmerksam, woraufhin Leandro kurz überlegte.

«Eigentlich nur wir beide und Luisa», meinte er.

«Und was ist mit Tamara?», fragte Markus.

«Nein, sie ganz bestimmt nicht. Tamara hatte ihr Geld auf einem Girokonto bei einer Grossbank, sie wollte liquid sein.»

«Gut», sagte Markus. «Weisst du, wer dieser Insider war, welcher der Zeitung Informationen zu deiner Firma lieferte?»

Leandros Gesicht verzerrte sich zu einer wütenden Grimasse. «Ja, das war Thomas Meier. Er war ein totaler Versager, ich konnte ihn für das Geschäft nicht brauchen. Ich habe ihn für einfache Aufgaben eingestellt, aber er arbeitete ungenau und war unzuverlässig. Ich war sehr vorsichtig und habe alle heiklen Unterlagen von ihm weggesperrt. Vielleicht habe ich einmal etwas rumliegen lassen oder er hatte einfach einen Verdacht, keine Ahnung. Jedenfalls sprach mich Thomas eines Tages auf das Thema Veruntreuung an. Er sagte, er wisse von meinen kriminellen Machenschaften und verlangte Schweigegeld. Ich fragte ihn, ob er Beweise habe, und er sagte nein. Aber er sei sich seiner Sache sicher. Wegen der Erpressung habe ich ihn auf der Stelle entlassen und war überzeugt davon, dass er mir ohne Beweise nichts anhaben konnte. Wie konnte ich ahnen, dass die Zeitung nur aufgrund von Behauptungen einen Artikel über mich veröffentlichen würde? Dieser Artikel war der Anfang vom Ende. Ich sollte diese Klatschpresse verklagen!»

Leandro war ausser sich vor Wut.

«Dies ist die schlimmste Woche meines Lebens!», fuhr er fort. «Wenn mich die Polizei wegen Mord und Vermögensveruntreuung verhaftet, ist mein Leben ruiniert!»

«Sag das nicht», meinte Markus. Seine Stimme klang beruhigend, doch seine Gesichtszüge waren merklich unbewegt. Es war schwierig, seine Gedanken zu erahnen.

«Für die Vermögensveruntreuung musst du geradestehen», meinte er, «aber ein Mord ist nochmals eine ganz andere Art von Verbrechen.»

«Ich weiss», sagte Leandro. «Ich will nicht den Rest meines Lebens unschuldig hinter Gittern verbringen.»

Als Markus nach dem Gespräch mit seinem Bruder in sein Hotelzimmer zurückkehrte, war Luisa über den Thriller gebeugt und versuchte sich durch die Fiktion von den aktuellen Geschehnissen abzulenken. Als sie Markus bemerkte, sah sie auf und klappte das Buch zu.

«Du warst lange weg», stellte sie fest uns setzte sich im Bett auf.

Markus hängte seine Jacke an die Garderobe und setzte sich neben Luisa auf die Bettkante.

«Ich habe einige Gespräche geführt. Du brauchst dich nicht um mich zu sorgen, ich passe auf mich auf.»

Luisa schüttelte den Kopf so fest, dass ihre kurzen Haare flogen.

«Dem Mörder passt es bestimmt nicht, dass du herumschnüffelst. Durch deine Intelligenz stellst du für ihn eine Gefahr dar. Ich will nicht, dass du zum Schweigen gebracht wirst.»

Markus seufzte.

«Ich kann mich hier drinnen nicht tagelang einsperren, Luisa. Ich schätzte Tamara und möchte, dass ihr Mörder gefasst wird.»

Luisa nickte. «Das möchte ich auch, Markus, aber zu welchem Preis? Tamara war bloss die betrogene Freundin deines Bruders, mehr nicht. Willst du dich ihretwegen wirklich in Lebensgefahr begeben?»

Luisa strich sich durch ihre zerzausten Haare, ihr Gesichtsausdruck war verzweifelt und besorgt.

«Mein Bruder hat Tamara einst sehr geliebt, nun wird er möglicherweise des Mordes angeklagt. Die Situation ist sehr ernst, ich muss Leandro helfen.»

Luisa biss sich auf die Lippen und versuchte die Tränen zurückzuhalten.

«Glaubst du denn an Leandros Unschuld?», fragte sie leise.

Markus fasste Luisas Hand. «Ich weiss nicht, was ich glauben soll. Leandro ist nicht immer ehrlich zu mir gewesen, aber einen Mord traue ich ihm nicht zu.»

Luisa schniefte. «Traust du denn überhaupt jemanden von uns einen Mord zu?», fragte sie leise.

Markus überlegte, ehe er antwortete. «Nein, ich denke nicht…»

Er wollte noch etwas anfügen, doch Luisa schnitt ihm das Wort ab.

«Eben, und doch ist es jemand von uns gewesen. Du hast noch nie einen Mörder getroffen und stellst dir Verbrecher daher automatisch als grausame, hinterhältige Schlägertypen mit Vorstrafenregister vor. Doch dies ist eine Illusion: Wahre Täter schaffen oftmals Vertrauen durch eine gekonnte Ausdrucksweise, ein gepflegtes Äusseres und durch vorgegaukelte Freundlichkeit. Deshalb kannst du nicht aufgrund von Äusserlichkeiten beurteilen, ob jemand einen Mord verüben könnte. Du siehst niemanden ins Innere, auch deinem Bruder nicht.»

Markus wirkte etwas verärgert.

«Wie auch immer», sagte er, «ich mache mich auf die Suche nach Alexandra. Wir sehen uns später.»

Markus hoffte, dass ihm das Gespräch mit Tamaras Kollegin neue Erkenntnisse brachte, denn mit den anderen Anwesenden hatte er bereits einzeln gesprochen.

«Wer ist da?», rief Alexandra misstrauisch, nachdem Markus bei ihr angeklopft hatte.

«Ich bin es, Markus! Darf ich kurz reinkommen?»

Alexandra überlegte. «Warum, was willst du?», fragte sie misstrauisch.

«Ich will dir nur paar Fragen zu Tamara stellen, ich belästige dich bestimmt nicht lange. Wir können auch rausgehen, wenn du dich dann wohler fühlst.»

Es entstand eine kurze Pause, ehe Alexandra den Schlüssel umdrehte, die Tür öffnete und Markus mit argwöhnischem Blick hineinbat.

«Nach diesen Ereignissen möchte ich eigentlich nur noch alleine sein und mich einsperren, bis endlich die Bullen kommen und uns von hier wegbringen», erklärte sich Alexandra und setzte sich auf einen der beiden Holzstühle.

«Das verstehe ich natürlich», meinte Markus und setzte sich ebenfalls hin. «Wir sind in dieser Ausnahmesituation alle aufgewühlt und lassen Vorsicht walten. Bis die Polizei eintrifft, versuche ich herauszufinden, was vorgefallen ist. Hat sich Tamara deiner Meinung nach in letzter Zeit irgendwie merkwürdig benommen?»

Alexandra warf ihr dunkles Haar zurück. «Nein, das finde ich nicht. Ich konnte verstehen, dass Tamy vor allen ausgetickte und Leandro mit den Bullen drohte. Sie wurde seit Ewigkeiten von Leandro und Giulia hintergangen und ist gestern einfach komplett ausgetickt. Mir wäre es an ihrer Stelle nicht anders ergangen, glaub mir.»

«Aber warum hat Tamara bis gestern geschwiegen? Warum stellte sie Giulia und Leandro nie zuvor zur Rede?», fragte Markus.

«Das weiss ich nicht», sagte Alexandra.

Markus wartete, bis mehr kam, aber Alexandra fügte nichts hinzu.

«Hast du Tamara denn nie danach gefragt?», fragte Markus nach einer Weile.

«Nein. Ich wusste bis gestern nichts von der Affäre», sagte Alexandra betreten.

«Oh», sagte Markus erstaunt und zog seine Augenbrauen hoch.

«Warum meinst du, hat dir Tamara nichts von der Affäre ihres Partners erzählt? Habt ihr miteinander nicht über persönliche Angelegenheiten gesprochen?», hakte Markus nach.

«Doch, natürlich!», sagte Alexandra eingeschnappt. Dann senkte sie ihren Kopf und begutachtete ihre roten Kunstnägel.

«Eigentlich erzählten wir einander alles. Tamy war für mich so etwas wie eine Schwester und ich konnte mich immer auf sie verlassen, in jeder Situation. Dass sie mir nicht alles erzählte, wusste ich nicht. Ich dachte, sie könne mir genauso vertrauen wie ich ihr.»

Alexandra schluckte leer, kniff die Lippen zusammen und hielt einen Moment inne, ehe sie fortfuhr. «Als ich gestern von Leandros Seitensprung erfuhr, tat mir Tamy schrecklich leid. Steffi und ich gingen mit ihr nach draussen, weg von Giulia und Leandro. Wir redeten mit Tamy und sie meinte, dass sie zuvor einfach nicht darüber sprechen konnte und es mir deshalb so lange verschwiegen hatte. Aber ich verstehe nicht, warum Tamy Steffi von der Affäre erzählte und mir nicht.»

Alexandra blickte von ihren Fingernägeln hoch. Das Botox in ihren Stirnfalten konnte ihre traurige Miene nicht kaschieren.

«Ich war Tamy wohl als Freundin nicht gut genug. Ich hätte selbst erahnen sollen, dass es ihr nicht gut geht, aber das tat ich nicht. Ich habe selbst so viel los mit meinen Dates, der Arbeit und dem Sport, da habe ich mich wohl einfach zu wenig um meine Kollegen gekümmert.»

«Verstehe, du hattest einfach selbst zu viel um die Ohren. Ausserdem hattest du einen Rechtsstreit, welcher ziemlich viel Kraft kostete», meinte Markus.

Alexandra erblasste.

«Wer hat dir dies erzählt?», fragte sie mit bedrohlichem Unterton.

«Das spielt keine Rolle. Vielleicht möchtest du mir aus deiner Optik davon erzählen», sagte Markus auffordernd.

Alexandra stütze die Ellbogen auf dem Tisch ab und legte ihre Fingerspitzen auf die Schläfen.

«Ich rede nicht gerne darüber», sagte sie leise. «Tom war mein Stiefvater und bedeutete mir alles. Seinen Tod habe ich bis heute nicht verkraftet und denke jeden Tag an ihn. Ich habe um sein Erbe gekämpft, weswegen mich alle als geldsüchtig und berechnend hingestellt hatten. Aber ich hatte einen Anspruch darauf, schliesslich hat Tom mich genauso geliebt wie seine restlichen Kinder. Ich habe mich als einzige Verwandte um Tom gekümmert, als er an sein Spitalbett gefesselt war und seinem Tod entgegensah. Daher verstand ich nicht, warum Toms leibliche Kinder erbten und ich nicht! Giulia hat zugelassen, dass nur das Blut zählte. Als das Urteil gefällt wurde und klar war, dass ich definitiv nichts erbte, belächelten mich meine Stiefgeschwister. Kannst du dir das vorstellen? Sie belächelten mich. Für sie war es ein Sieg. Nie haben sie sich dafür bedankt, dass ich immer für Tom da war und ihm in den schwierigsten Monaten seines Lebens beigestanden bin. Stattdessen haben sie mich angeschaut, als würden sie sich vor mir ekeln und mich verabscheuen. Dabei wollte ich nur Gerechtigkeit!»

«Und deshalb warst du wütend auf Giulia?», fragte Markus.

«Oh ja! Sie war als Anwältin absolut untauglich und hätte mir von Anfang an sagen müssen, dass sie fürs Gericht noch nicht genug Erfahrung hat. Mit einem besseren Anwalt hätte ich ein anderes Urteil erreicht, und das muss sie gewusst haben! Aber Giulia sagte mir stattdessen, sie sei grosszügig, weil sie mir kein Honorar verrechnete! So als hätte sie mit ihrer miesen Arbeit auch nur einen Rappen verdient! Giulia hat nicht realisiert, dass man mich wegen dem ausbleibenden Erbe auslachte und mich derart niederträchtig behandelte. Ich habe mich so geschämt, dabei war mein Scheitern nur Giulias Schuld. Ohne ihr wäre es mir besser ergangen.»

Alexandra sass ziemlich versteift auf dem Stuhl.

«Dann hast du den Kontakt mit Giulia nach dem Urteil gemieden, nehme ich an?», fragte Markus.

«Ja, gestern traf ich sie erstmals wieder.»

«Verspürst du noch Wut?», fragte Markus und beobachtete Alexandra sehr genau.

«Ja, natürlich. Ich habe ihretwegen nie Gerechtigkeit erfahren.»

Alexandra sprach sehr langsam.

«Und Tamara wusste, dass du noch immer wütend auf Giulia warst?», fragte Markus weiter.

«Ich denke schon... Anfangs war ich auch ein wenig wütend auf Tamy, schliesslich hat sie mir die höchst unerfahrene Giulia vermittelt. Klar meinte sie es nur gut, aber sie hat damit einen grossen Schaden angerichtet.»

«Aber du hast nicht mehr mit Tamara darüber geredet, nehme ich an?»

«Nein», meinte Alexandra.

«Hat Tamara mal mit dir über Leandros Geschäft geredet und dabei erwähnt, dass er Vermögen veruntreut?», wechselte Markus das Thema.

Alexandra lehnte sich im Stuhl zurück und überschlug ihre Beine. «Nein, das hat sie nicht. Wenn wir über Geschäftliches geredet haben, dann betraf es unsere Branche, die Medizin, denn dafür haben wir uns beide sehr interessiert. Aber über Leandros Firma redeten wir nicht. Ich weiss nicht mal ganz genau, was er eigentlich arbeitet, und Tamy verstand es vermutlich genau so wenig.»

«Also hast du selbst kein Vermögen bei der Wanner Wealth Management AG deponiert?», fragte Markus, worauf hin Alexandra laut auflachte.

«Vermögen? Welches Vermögen? Ich habe dir erzählt, dass ich kein Erbe erhielt, und als Pharmaassistentin wird man nicht reich. Ich bin froh, wenn ich irgendwie über die Runden komme.»

Markus zuckte etwas zusammen. «Oh.»

Alexandra erhob sich von ihrem Stuhl.

«Hast du sonst noch Fragen oder wars das?», fragte sie Markus.

«Nein, nein, alles gut. Vielen Dank, Alexandra.»

Markus erhob sich hastig vom Stuhl und verliess den Raum. Er wollte sich zurückziehen und die Gespräche nochmals Revue passieren lassen. Markus besass nun einige Puzzlesteine und musste diese nur noch korrekt zusammenfügen. Ein kurzer Blick aus dem Fenster gab ihm neue Hoffnung, dass sich die Situation demnächst beruhigte und die Polizei bald informiert werden konnte. Die Schneeflocken waren kleiner geworden und die dicke Nebelschicht war so stark zurückgegangen, dass gewisse Berge wieder zu erkennen waren. Wenn er sich nicht täuschte, konnte er durch das Fenster hindurch sogar die Konturen des Matterhorns erahnen.

Die Zeit schien still zu stehen. Weil es in den Räumen ausgesprochen kalt war, versammelten sich alle im Speisesaal um das Feuer und versuchten sich irgendwie zu beschäftigen. Luisa zwang sich, ihr Buch zu lesen, während Leandro gedankenverloren aus dem Fenster blickte und zwischendurch ein neues Holzscheit in den Kamin warf. Alexandra, Stefanie und Giulia hatten es wegen der Kälte nicht lange in ihren Zimmern ausgehalten und redeten miteinander über Belanglosigkeiten.

«Luisa», flüsterte Markus seiner Frau zu, «ich habe einen Verdacht. Ich weiss, wer Tamara umgebracht hat.»

Luisa legte ihr Buch beiseite und sah Markus überrascht und skeptisch zugleich an.

«Wie das?»

«Ich habe meine Schlussfolgerungen gezogen», sagte Markus leise, «und es gibt nur eine Möglichkeit. Aber es ist zu gefährlich, das Geheimnis zu wahren. Wenn klar wird, was ich weiss, bin ich in Lebensgefahr.»

Luisa runzelte die Stirn. «Dann teile das Geheimnis mit uns allen. Wenn alle Bescheid wissen, wird dir der Mörder nichts antun. Wir können den Mörder fesseln oder den Abhang runterstossen, damit er nicht erneut zuschlägt.»

Markus wirkte entsetzt. «Den Abhang hinunterstossen? Also Luisa, ich bitte dich.»

«Ich mache keine Scherze. Wir haben es mit einem Mörder zu tun, und du schnuffelst schon die ganze Zeit hier rum. Du lebst sehr gefährlich, Markus. Letzte Nacht habe ich kein Auge zugetan, ich bin vor Angst und Sorgen schier gestorben. Ich sage dir, noch so eine Nacht halte ich nicht durch.»

Markus legte ihr die Hand auf die Schultern. «Deshalb ist es jetzt an der Zeit, meine Erkenntnisse zu teilen.»

Luisa nickte mit pochendem Herzen und sah sich im Raum um.

Stefanie, Alexandra und Giulia redeten immer noch über Modeaccessoires, während Leandro das dicke Holzscheit mit dem Schürhaken in die Mitte der Glut schob. Die Funken sprühten, als Markus seine tiefe Stimme erhob.

«Bitte hört mir mal alle zu», sagte er.

Leandro legte den Schürhaken zur Seite und Alexandra, Stefanie und Giulia unterbrachen ihr Gespräch. Fünf Augenpaare richteten sich auf Markus.

Kapitel 11

Wir sind sechs Personen in diesem Raum, und jemand von uns hat Tamara umgebracht. Ich, Stefanie, Luisa, Alexandra, Leandro und Giulia haben eins gemein: Wir alle sind potentielle Mörder.»

Markus holte kurz Luft und stellte sicher, ob ihm die volle Aufmerksam galt. Tatsächlich war es im Raum sehr still, nur das Knistern des Feuers war zu hören. Deshalb fuhr Markus fort.

«Leandro ist der Hauptverdächtige. Kurz nach unserer Ankunft wurde bekannt, dass er mit Giulia eine Affäre hat, und dies schürte Unverständnis und eine gewisse Feindseligkeit.

Wenn die Polizei eintrifft, wird sie als Erstes denken, dass Leandro die Tat verübt hat. Wir können alle bezeugen, dass Tamara eine grössere Auseinandersetzung mit ihm hatte und ihm mit der Polizei drohte, ehe sie kurze Zeit später ermordet wurde. Ausserdem gibt es in Leandros Zimmer Blutspuren und ein grosses Chaos. Der kürzlich erschienene Zeitungsartikel mit den Anschuldigungen über Vermögensveruntreuung stellt Leandro in ein zusätzlich schlechtes und verbrecherisches Licht. Alle Indizien weisen darauf hin, dass Leandro Tamara ermordet hat, aber ich fragte mich, ob die Indizien nicht viel zu offensichtlich sind. Was, wenn jemand von euch den Verdacht bewusst auf Leandro lenkte, um sich selbst aus dem Spiel zu bringen?»

Alexandra sah Markus mürrisch an und verschränkte die Arme vor der Brust.

Markus liess sich davon nicht beirren. «Kurz vor der Tat ist Leandros Zimmerschlüssel abhandengekommen und er ist sich ganz sicher, dass der Schlüssel zuvor in der Tür steckte. Trotz längerer Suche hat er den Schlüssel nicht gefunden. Als Leandro nach draussen ging, um zu rauchen, legte er deshalb einen Stein zwischen die Tür, um später wieder ins Berghotel hineinzukommen. Aber jemand hat den Stein weggekickt und Leandro ausgesperrt. Dies weist darauf hin, dass jemand Leandro bewusst vom Hotel fernhalten wollte. Aber wer, und wozu?»

Markus nahm einen Schluck Wasser, ehe er fortfuhr. Die skeptischen Blicke von Alexandra und Stefanie ignorierte er.

«Ich stellte mir die Frage, wer Leandros Schlüssel überhaupt unbemerkt entnehmen konnte. Schliesslich sei niemand in seinem Zimmer gewesen – niemand ausser Tamara natürlich. Konnte es sein, dass Tamara Leandros Schlüssel entwendet hatte? Aber wozu sollte sie ihn nehmen, wo sie doch selbst einen besass?»

Markus wollte weiterreden, doch Luisa unterbrach sie. «Giulia hätte an den Schlüssel herankommen können. Sie steht Leandro sehr nahe, wie wir nun alle wissen. Leandro hätte nicht bemerkt, wenn sie ihm den Schlüssel aus der Jacke oder sonst wo entnommen hätte.»

Giulia lief ein bisschen rot an und schüttelte den Kopf. «Nein, ich habe den Schlüssel nicht genommen», sagte sie mit zittriger Stimme und umklammerte ihr Trinkglas mit schweissigen Händen.

Luisa runzelte die Stirn und drehte sich nach Leandro um. Sie traute den Beiden nicht.

«Ja, das kann ich bestätigen», sagte Leandro in einem leicht entnervten Tonfall. «Ich kam Giulia zwischen der Hotelankunft und dem Mord nicht nahe. Sie war nie in meinem Zimmer und hatte keine Möglichkeit, an den Schlüssel heranzukommen.»

Luisa zuckte die Schultern. «Also gut. Markus, erzähle bitte weiter.»

Markus räusperte sich. «Wie gesagt, wenn Leandros Geschichte stimmt, kann nur Tamara den Schlüssel entnommen haben. Da sie selbst bereits einen Schlüssel zum Hotelzimmer besass, benötigte sie Leandros Schlüssel nicht, um sich Zugriff zum Zimmer zu verschaffen. Aber warum sollte sie ihn sonst entwendet haben?», fragte er in die Runde, beantwortete die Frage aber nach wenigen Sekunden selbst: «Um Leandro den Zugriff in ihr gemeinsames Zimmer zu verwehren. Das ist die einzige logische Konsequenz. Folglich war es Tamara, die Leandro aus dem Hotel aussperrte. Sie wartete, bis Leandro aus dem Zimmer ging, schlich ihm nach und entfernte den Stein bei der Eingangstür. Unter normalen Umständen hätte Leandro einfach geklingelt, doch wegen dem Stromausfall funktionierte nichts mehr und er war ausgesperrt, während drinnen der Mord verübt wurde.»

Nun war es Stefanie, welche Markus unterbrach. «Aber das ergibt doch keinen Sinn! Wozu sollte Tamara Leandro aussperren? Es müsste doch eher der Mörder sein, der

Leandro aussperrte? Somit könnte er den Mord unbemerkt verüben.»

Markus nickte. «Ja, das ist eine gute Überlegung. Ich vermute, dass Tamara etwas vor Leandro verbarg und ihn daher absichtlich aussperrte.»

Stefanie überlegte. «Aber Tamara hätte mir bestimmt erzählt, wenn sie etwas vor Leandro verbergen wollte...»

«Vielleicht hat es mit dem Beweis zu tun, welchen sie gegen Leandro besass!», warf Luisa ein.

«Alles der Reihe nach», sagte Markus. «Erstmals ist es wichtig zu begreifen, dass Tamara diejenige war, die Leandro ausgesperrt hat, und damit ihrem Mörder unbewusst einen Gefallen erwiesen hat. Ich fragte mich, ob es Teil des Mordplans war, Tamara zu benutzen und Leandro auszusperren.»

Plötzlich begannen alle wie wild miteinander zu schwatzen und ihre Meinung zu bekunden. Alexandra rief laut aus, dass Markus böse Anschuldigungen mache und Tamaras Antlitz beschmutze.

«Deine Theorie ist äusserst spekulativ», äusserte sich Giulia stirnrunzelnd, «und sie stützt sich nur auf Vermutungen.»

Markus wirkte etwas beleidigt, entgegnete aber nichts.

«Seid ruhig! Hört euch Markus Theorie zu Ende an», sagte Leandro und blickte wütend in die Richtung von Alexandra, Giulia und Stefanie.

«Erzähle bitte weiter», meinte er an Markus gewandt, worauf hin dieser nach kurzem Zögern nochmals einen Anlauf nahm.

«Es gibt viele weitere Fragen, die mich beschäftigten. Als Tamara wenige Minuten vor ihrer Ermordung in das

Hotelzimmer ging, fand sie ein komplettes Chaos vor. Die Schubladen standen offen und Kleider lagen zerstreut auf dem Boden. Es herrschte eine komplette Verwüstung. Doch Tamara schrie nicht schockiert auf, als sie den Einbruch bemerkte. Auch informierte sie niemanden über diesen sonderlichen Zwischenfall. Gemäss Augenzeugin war Tamara mehrere Minuten in diesem chaotischen Raum, und ich fragte mich, was sie in dieser Zeit dort machte. Überprüfte sie, ob etwas fehlte?»

Markus befeuchtete seine Lippen mit der Zungenspitze und lehnte sich etwas in seinem Stuhl zurück. «Wir haben alle gesehen, dass sich im Raum Blutspritzer befanden. Wie sind diese dorthin gekommen? Gemäss Augenzeugin war Tamara alleine im Raum, und niemand von uns hat etwas von einem Kampf gehört. Kann es daher sein, dass der vermeintliche Kampf nur inszeniert wurde? Leandro hat Tamara in ihren Augen gedemütigt, wie sie uns selbst gesagt hat. Erinnert ihr euch an ihre Worte? *Deine dubiosen Geschäfte, die Negativpresse und deine Affäre mit meiner Schwester! Wann hast du mich endlich genug gedemütigt?* Tamara war ein aufbrausender, temperamentvoller Mensch und es passte nicht zu ihr, Sorgen in sich hineinzufressen und sich als betrogene Freundin mit der unglücklichen Situation abzufinden. Warum hat sie nie mit Giulia oder Leandro geredet? Und vor allem: Warum in aller Welt hat sie die Beiden zur Geburtstagsfeier eingeladen, nachdem sie von ihnen dermassen enttäuscht und verletzt worden war?»

Stefanie räusperte sich. «Dieses Fragen hat sich Giulia auch schon gestellt. Tamara war noch nicht stark genug, um mit Giulia und Leandro über die Affäre zu reden, und befürchtete, die Beiden bei einer allfälligen Auseinandersetzung für immer zu verlieren. Deshalb hat Tamara so getan, als sei nichts gewesen, und führte ihr Leben ganz normal weiter.»

Markus schüttelte den Kopf. «Das ist deine Theorie, Stefanie, aber ich habe eine andere. Wenn sich Tamara tatsächlich davor gefürchtet hätte, Leandro und Giulia zu verlieren, hätte sie die Affäre niemals angesprochen, auch gestern nicht. Aber sie thematisierte es vor uns allen, und ich behaupte, dass sie die Aufmerksamkeit und das Mitleid insgeheim genoss. Sie hat Leandro und Giulia durch diesen Streit blossgestellt und gewusst, dass Hass gegen die Beiden geschürt wurde. Dass solch private Angelegenheiten vor versammeltem Publikum besprochen wurden, kam mir höchst suspekt vor.»

Markus lehnte sich im Sessel zurück. «Hätte Tamara Angst davor gehabt, Giulia und Leandro zu verlieren, hätte sie die Beiden nicht blossgestellt. Vielmehr wirkte es so, als wollte sie sich für den zugefügten Schmerz rächen.»

«So ein Quatsch», sagte Alexandra und schnaubte auf.

Markus nahm nochmals einen Schluck Wasser und fuhr unbeirrt fort. «Woher kommen die Blutspritzer in Tamaras Hotelzimmer und weshalb wurde Leandro ausgesperrt? Niemand von uns hatte eine Erklärung dafür, und wir drehten uns mit unseren Gedanken im Kreis. Vielleicht stellten wir uns einfach nur die falschen Fragen, überlegte ich mir. Wirklich klar waren mir nur zwei Dinge: Erstens, dass Tamara wegen der Affäre Rache wollte, und zweitens, dass Leandro nach Tamaras Tod als Hauptverdächtiger dastand. Aber warum war Leandro der Hauptverdächtige? Weil Tamara uns sagte, sie hätte ein Beweis zu seinen illegalen Geschäften gefunden. Aber was, wenn Tamara diesbezüglich log und Leandro nur beunruhigen wollte? Sie machte keine konkreteren Angaben zur Art des Beweises, und soviel ich weiss ist es äusserst schwierig, einen Beweis für Vermögensveruntreuung zu finden. Thomas Meier als Leandros ehemaliger Mitarbeiter konnte der Zeitung keinen einzigen Beweis vorbringen, Tamara als Laie im Bankgeschäft hingegen soll etwas Belastendes gefunden und dies dann auch verstanden und richtig interpretiert haben? Das dünkt mich äusserst unwahrscheinlich.»

Leandro nickte eifrig, und Markus sah ihn aufmerksam an. Er setzte sich wieder etwas aufrechter hin und stütze sich mit dem Ellenbogen auf die Armlehne.

«Wenn wir also davon ausgehen, dass Tamara log, haben wir eine ganz neue Ausgangslage. Tamara hat Leandro massiv belastet, obschon ihr nie einen Beweis gegen ihn vorlag. Sie verabscheute ihn wegen der Affäre und wollte sich an ihm rächen. Gemäss Giulias Aussage schmiedete Tamara schon in ihrer Kindheit Rachepläne und war seit jeher äusserst nachtragend.»

Giulia runzelte die Stirn. «Ganz so habe ich es nicht gesagt…»

«Du fandest schönere Worte, aber letztendlich hast du genau dies gesagt», meinte Markus, und Giulia schwieg betreten.

«Luisa hat mich darauf hingewiesen, wie sehr die äusseren Umstände beeinflussen, was wir über eine Person denken. Tamara mit ihren blonden Locken und den himmelsblauen Augen war eine engelshafte Erscheinung, doch wer verbarg sich hinter dieser schönen Fassade? Als ich mir die Ereignisse nochmals durch den Kopf gehen liess, wurde mir plötzlich alles klar und ich bitte euch, mir nun aufmerksam zuzuhören. Ihr denkt vielleicht, ich sei verrückt. Aber ich habe viel aus euren Gesprächen herausgehört und eine Erklärung dafür gefunden, wie alles abgelaufen sein könnte.» Markus holte tief Luft und begann zu erzählen.

Die Stimmung im Berghotel Bellechasse hatte sich innert kürzester Zeit drastisch verschlechtert. Während die Gäste fröhlich und erwartungsvoll eingetroffen waren, kehrte nach dem Streit zwischen Leandro und Tamara Entsetzen, Traurigkeit und Wut ein. Auch jene die nicht direkt von der Affäre zwischen Leandro und Giulia betroffen waren, zeigten sich schockiert und fühlten sich in dem eigentlich so warm eingerichteten Hotel plötzlich unwohl und deplatziert. Die Hotelgäste schrien einander an, bewarfen sich mit Vorwürfen und weinten bittere Tränen.

Alexandra und Stefanie begleiteten Tamara in ein leerstehendes Hotelzimmer, um sie zu trösten und für sie da zu sein, während sich Giulia in ihr Schlafzimmer zurückzog und sich laut schluchzend auf ihr Bett legte. Rund eine Stunde lag Giulia mehr oder weniger regungslos auf ihrem Bett, bis ihr Schluchzen langsam abnahm und sie sich dazu überwinden konnte, das Hotelzimmer zu verlassen und sich auf die Suche nach Tamara zu machen.

Während sich Giulia noch kurz das tränenverschmierte Gesicht wusch, befand sich Tamara in der Vorratskammer und schielte durch das kleine Fenster vorsichtig zur Eingangstür. Leandro war soeben nach draussen verschwunden und hatte einen Stein zwischen den Türrahmen gelegt, um die Eingangstür nach dem Rauchen wieder aufstossen zu können.

Tamara verliess die Vorratskammer und schlich ihm auf Zehenspitzen nach. Bei der Eingangstür angelangt, kickte sie den Stein mit einer flinken Fussbewegung nach draussen. Noch ehe die Tür leise ins Schloss fiel und Leandro draussen aussperrte, hechtete

Tamara zurück in die Vorratskammer und atmete erleichtert aus. Der erste Teil des Plans hatte geklappt, doch nun kam alles auf die richtige Zeitplanung an. Tamara nahm einen letzten tiefen Atemzug und lief aus der Vorratskammer, hinaus auf den Gang. Sie musste nun zurück in ihr Schlafzimmer, doch sie hatte keine zwei Meter zurückgelegt, als ihr Giulia mit verweinten Augen und gebückter Haltung entgegenkam.

«Tamara», sagte Giulia flehend, «bitte, ich muss mit dir reden.»

«Nicht jetzt», antwortete Tamara harsch und lief an ihrer Schwester vorbei. Giulia eilte neben ihr her und wandte den Blick nicht von ihr ab. «Ich weiss, wie sich das anfühlt. Aber glaub mir, ich kann dir alles erklären. Leandro und ich wollten dich nicht verletzen!»

Tamara blieb stehen und funkelte ihre Schwester böse an. «Du weisst, wie sich das anfühlt? Ich würde dir nie so etwas antun, und das weisst du! Du hast mein Vertrauen missbraucht und bewiesen, dass du keine Moral besitzt. Deine Erklärungen kannst du dir ersparen.»

Giulia fuchtelte wild mit den Armen herum und rang nach Worten. In ihren geröteten Augen bildeten sich dicke Tränen, die in raschem Tempo über ihre Wangen kullerten. «Weisst du noch, als du mir Leandro vorgestellt hast?», begann Giulia schluchzend, doch Tamara schüttelte den Kopf. «Ich will nichts davon hören, verstanden? Heute ist mein Geburtstag, da brauche ich nicht mit dir darüber zu reden. Und auch an jedem anderen Tag kann ich darauf verzichten.»

Giulia schluchzte und hielt sich den Handrücken vor den Mund. «Bitte Tamara, hör mir zu. Ich mag dich doch so sehr. Ich möchte, dass wir das alles klären können.»

Tamara blickte Giulia ein letztes Mal an. «Ich will jetzt nicht reden.»

Dann lief sie eilig davon und liess Giulia mit betroffener Miene und tränenüberströmten Gesicht stehen.

Die Zeit verrann, und Tamara musste sich beeilen. Indem Tamara Leandro ausgesperrt hatte, verschaffte sie sich zwar Zeit, aber womöglich entdeckte ihn draussen jemand und öffnete ihm die Tür zurück ins Hotel. Dabei durfte Leandro in den nächsten Minuten keinesfalls in das gemeinsame Hotelzimmer zurückkehren. Zielstrebig lief Tamara auf das Schlafzimmer zu und hörte den knarrenden Holzboden unter ihren Füssen.

Als Tamara die unverschlossene Tür in ihr Schlafzimmer öffnete, staunte sie nicht schlecht. Die Schubladen waren aufgerissen und die Kleider lagen überall auf dem Boden verteilt.

Tamara lächelte zufrieden. Sie erinnerte sich nicht daran, dass dieses Chaos Teil des Plans war, doch die Idee war ausgezeichnet. Je chaotischer das Zimmer aussah, desto eher würde man auf einen Kampf schliessen, und genau dies war es, was Tamara wollte. Ihr Verbündeter hatte offensichtlich reichlich Vorarbeit geleistet.

Tamara nahm grosse Schritte über die Kleiderstapel, legte Leandros entwendeter Zimmerschlüssel auf die Holzkommode und öffnete ihre schwarze Handtasche. Darin befand sich eine Spritze mit ihrem eigenen Blut. Als Pharmaassistentin wusste sie sehr genau, wie man sich Blut abnahm, und kam relativ mühelos an das entsprechende Equipment heran.

Tamaras Herz pochte. Sie erinnerte sich nicht daran, je aufgeregter gewesen zu sein als jetzt, nicht einmal auf der Achterbahn spürte sie jemals so viel Adrenalin. Sie verteilte den Inhalt der Spritze im ganzen Raum, bis sich mehrere Blutspritzer auf dem Boden gebildet hatten. Dann versteckte sie die leere Spritze schnell wieder in ihrer Handtasche und sah sich etwas ängstlich um. Sie war noch immer alleine.

Tamaras Hände zitterten und ihre Haut war noch fahler als sonst. Sie sollte das Zimmer nun so schnell wie möglich wieder verlassen, doch etwas hielt sie zurück. Zögernd blickte sie auf das Chaos und das Blut, welches sie auf dem Boden verteilt hatte. Gänsehaut bildete sich auf ihrer Haut und sie schauerte. Was tat sie hier eigentlich?

Doch nun gab es kein Zurück mehr, trotz ihrem unguten Gefühl musste Tamara vollenden, was sie begonnen hatte. Leise öffnete sie die Tür des Schlafzimmers und spähte vorsichtig auf den Korridor hinaus. Sie sah niemanden, daher huschte sie hinaus und lief eilenden Schrittes zur Vorratskammer.

«Und, hat alles geklappt?»

«Ja, ich denke schon», sagte Tamara und schloss sie die Tür der Vorratskammer schnell hinter sich zu. «Aber ich weiss nicht... Irgendwie habe ich plötzlich ein ungutes Gefühl. Ich glaube, wir begehen gerade einen riesigen Fehler.»

«Aber wir haben doch alles miteinander besprochen. Mache Dir keine Sorgen.»

Tamara zuckte mit den Schultern und legte ihre schwarze Tasche mit der leeren Plastikspritze auf den Boden. Sie sagte noch etwas, ehe sie einen harten Schlag verspürte. Sie wankte, vor ihren Augen wurde alles schwarz. Sie war tot, noch ehe sie mit einem gewaltigen Krach auf dem Boden aufschlug.

Markus verstummte. Er hatte seine Ausführungen zu Ende erzählt.

«Ich möchte euch kurz erklären, wie meine Theorie zustande gekommen ist. Danach erläutere ich meine weiteren Schlussfolgerungen», sagte Markus. «Eine Augenzeugin hat sich Zutritt in Tamaras Zimmer verschafft und den Raum ziemlich genau durchforstet. Sie kann uns bestätigen, dass im Hotelzimmer noch kein Blut war, als Tamara den Raum wenige Minuten vor dem Mord betrat. Ausserdem wissen wir, dass Tamara nur sehr kurz im Zimmer war und sich während dieser Zeit alleine im Raum aufhielt. Alleine kann sie nicht gekämpft haben. Niemand hielt sich währenddessen mit Tamara im Raum auf, niemand hörte Kampfgeräusche und niemand wies Verletzungen auf. All dies lässt Zweifel daran, ob es überhaupt einen Kampf gegeben hat. Das Einzige, was auf Tätlichkeiten schliessen lässt, ist das Blut. Doch was, wenn das Blut absichtlich im Raum platziert wurde, um uns in die Irre zu führen und den Kampf zu inszenieren? Wir wissen, dass Tamara Leandro aus dem Hotel aussperrte. Damit beschaffte sie sich Zeit, ihr eigenes Blut im gemeinsamen Hotelzimmer zu verteilen.»

Luisa legte den Kopf etwas schief und betrachtete Markus aufmerksam.

«Ich blicke nicht ganz durch», sagte sie nachdenklich, «warum sollte Tamara Blut im Zimmer verteilen? Wozu der inszenierte Kampf?»

Markus nickte. «Das ist eine sehr interessante Frage, die mich zu meinem ersten Punkt zurückführt: Tamaras Rachsucht.»

Markus sah betreten zu Leandro, ehe er etwas zögernd fortfuhr. «Man muss sich den Schmerz und den Vertrauensverlust vorstellen, welchen Tamara wegen der Affäre zwischen Leandro und Giulia erlitt. Für Tamara muss eine Welt untergegangen sein. Sie wollte ihrer schrecklichen Situation entfliehen. Vermutlich wollte sie am liebsten weit weg von Leandro und Giulia einen Neuanfang wagen. Doch bevor sie sich einem neuen Lebensabschnitt zuwandte, musste das erlittene Unrecht ausgleichen. Ihr Bedürfnis nach Rache war sehr gross, denn ihr Schmerz war unerträglich. Leandro sollte genauso leiden wie sie. Gemeinsam mit einer Komplizin plante Tamara einen Komplott gegen Leandro. Sie wollte spurlos verschwinden und der Polizei glaubhaft machen, ihr sei etwas zugestossen. Indem Tamara vor allen Anwesenden einen Streit mit Leandro begonnen hatte und das Gerücht streute, sie habe einen Beweis gegen Leandros Vermögensveruntreuung, war es durchaus plausibel, dass ihr Partner sie loswerden wollte. Jedermann konnte bezeugen, dass es eine grössere Auseinandersetzung zwischen Leandro und Tamara gegeben hatte. Das Blut im gemeinsamen Hotelzimmer sollte auf Gewaltanwendung hindeuten.

Während Leandro sich den Fragen der Polizei stellen musste und dabei auch die Hintergründe seiner Firma beleuchtet würden, konnte Tamara ins Ausland fliehen und dort ein neues Leben beginnen.»

Giulia horchte auf, sie war zutiefst schockiert.

«Meine Schwester wollte uns so etwas antun?», fragte sie weinerlich. «Dann hat sie Leandro und mich nur an die Geburtstagsfeier eingeladen, um ihren abgebrühten Plan umzusetzen und sich an uns zu rächen?»

In Giulias Hals hatte sich einen Klumpen gebildet.

«Das vermute ich, ja.»

Leandro erstarrte. «Das kann doch nicht sein», sagte er leise.

Markus seufzte tief. «Ich befürchte, es ist wahr. Ich habe mir viele Gedanken gemacht und keine andere Erklärung gefunden. Tamara war eine begnadete Schauspielerin und konnte uns mühelos etwas vorgaukeln. Allerdings gehe ich stark davon aus, dass der Mörder Tamara diesen Rache-plan aufgedrängt hat. Noch bevor Tamara klar war, dass wir eingeschneit und von der Aussenwelt abgetrennt sind, bereitete sie ihr Verschwinden vor. Sie wollte nach der In-szenierung ein neues Leben beginnen. Doch der Täter nutzte Tamaras Rachesucht und den Plan mit dem Ver-schwinden für seine eigenen Zwecke und erschlug unsere Kollegin hinterrücks in der Vorratskammer. Es war der perfekte Mord, denn die Polizei würde niemals jemand an-deren als Leandro verdächtigen. Das Opfer selbst hatte den Verdacht auf Leandro gelenkt, alles sprach ganz offensicht-lich gegen ihn. Der wahre Täter konnte durch das Ablen-kungsmanöver und die falschen Fährten ungeschoren da-vonkommen.»

Leandro schluckte leer und wirkte wie hypnotisiert. Seine Augen waren in die Weite gerichtet und seine Hände klammerten sich haltesuchend an die Armlehne. Giulia lief etwas schwankend zu ihm hin und legte ihre Hände auf seinen Schoss, was er aber nicht zu realisieren schien. Le-andro war blass wie ein Leintuch und zitterte am ganzen Körper. Er kämpfte gegen seine Tränen an.

«Aber wer hat denn das Chaos in Tamaras Zimmer ange-richtet?», fragte er. «Du sagtest, Tamara habe das Zimmer schon verwüstet vorgefunden?»

Leandro verstand die Erklärung noch nicht ganz und hoffte auf eine Lücke in der Theorie.

Eine Weile lang herrschte Stille.

«Das war ich», sagte Luisa schliesslich und wirkte dabei et-was verängstigt. «Ich suchte nach dem angeblichen Beweis gegen die Wanner Wealth Management AG.»

Leandro schnaubte auf, er konnte es nicht fassen. Luisa errötete. «Nimm es mir bitte nicht übel, Leandro. Ich hatte Angst um mein Erspartes, und war beunruhigt durch den Zeitungsbericht und Tamaras Anschuldigungen. Ich wusste nicht, was ich tun sollte! Als ich sah, dass du das Zimmer nicht abgeschlossen hast, bin ich hineingeschlichen. Ich wollte wieder aufräumen, aber da hörte ich, wie Tamara zurück ins Zimmer kam.»

Leandro presste seine Finger zu einer Faust zusammen. Er musste ruhig bleiben.

«Luisas Vorarbeit kam Tamara entgegen», erklärte Markus. «Schliesslich wollte Tamara das Zimmer so herrichten, dass alles nach einem wilden Kampf aussah. Natürlich dachte sie, dass ihr Komplize das Chaos vorgängig angerichtet hatte und Vorarbeit geleistet hatte beim Herrichten des Schauplatzes. Das Chaos wird sie nicht beunruhigt oder aus dem Konzept gebracht haben. Sie hielt es für einen Teil des Plans.»

Leandro nickte und schaute seinen Bruder anerkennend an. «Jetzt ergibt alles Sinn», sagte er.

«Naja, fast alles», sagte Markus schulterzuckend. «Woher kam dieser grauenhafte Gestank, als ich Tamara tot auffand? Dazu fand ich keine Erklärung, aber vielleicht ist es nur ein unwichtiges Detail.»

Leandro überlegte. Also gab es doch eine Lücke in der These. Solange nicht alles aufging, war er nicht überzeugt.

«Vielleicht war das Glätteisen noch heiss und verbrannte Teile von Stefanies Haaren?», warf Luisa ein.

«Möglicherweise», meinte Markus.

«Ich habe etwas verpasst», sagte Alexandra und zerbiss während dem Reden ihr Bonbon. «Wer ist denn der Mörder?»

Ihr verwirrter Gesichtsausdruck war ziemlich komisch, doch niemand lachte.

«Diese Frage ist einfach zu beantworten», sagte Markus und senkte die Stimme. «Tamara hatte zwei enge Kolleginnen, Alexandra und Stefanie. Beide wussten, dass es zwischen Tamara und Leandro nicht mehr gut lief. Aber nur eine wusste von der Affäre zwischen Giulia und Leandro und stand Tamara so nahe, dass sie Tamara im Vorfeld gegen Leandro aufhetzen konnte.»

Markus Blick schweifte zu Stefanie.

Steffi schluckte leer. «Ich weiss nicht, was du damit andeuten willst.»

Markus runzelte die Stirn. «Du bist ein herzensguter Mensch, Stefanie. Tamara hat immer zu dir hochgeschaut, dich bewundert. Ihr wart seit der Kindheit eng miteinander befreundet. Ich weiss nicht, was sich verändert hat. Aber du bist die Einzige, die alles von Tamara wusste und sie so stark beeinflussen konnte, dass Tamara einem derart krankhaften Komplott gegen Leandro zustimmen würde. Nur dir würde sie jemals so sehr vertrauen und Dich als Komplizin betrachten.»

Stefanie riss ihre Augen auf und wollte etwas entgegnen, doch Markus fuhr unbeirrt fort.

«Du hast uns alle ins Hotel Bellechasse eingeladen, was ich im ersten Moment nur als extrem grosszügig wahrnahm. Aber später fragte ich mich, ob du bei der Einladung Hintergedanken hattest. Du kennst jedes Versteck dieses Hauses und konntest Tamara davon überzeugen, sie nach dem inszenierten Kampf vorerst in deinem Zuhause zu verstecken.»

Stefanie sah Markus schockiert an. «Nein, ich meine, das ergibt doch keinen Sinn… Tamara bedeutete mir alles… Warum sollte ich sie töten?»

Markus sah Stefanie streng an. «Das wirst du uns bestimmt gleich erzählen. Du weisst, dass sich ein Geständnis strafmildernd auswirkten kann. Wenn du es gewesen bist, solltest du der Polizei und uns die Wahrheit sagen. Das schuldest du Tamara.»

Da verlor Stefanie ihre Beherrschung und schluchzte laut. «Ich habe Tamara so gemocht, dies müsst ihr mir wirklich glauben! Aber ja, ihr habt recht… Ich war es. Ich habe ihr das Leben genommen.»

Giulia sah Stefanie fassungslos an.

«Das mit dem Gestank erklärt sich übrigens einfach», begann Stefanie zu erzählen. «Tamara zupfte sich einige Haare aus, um sie danach nebst dem Blut im Hotelzimmer zu verteilen. Wie Markus richtig erkannt hat, wollten wir Tamaras Verschwinden vortäuschen und dafür blutige Spuren hinterlassen. Zu einem richtigen, klischeeartigen Kampf gehörten unseres Erachtens ausgerupfte Haare. Tamara war für diesen Plan bereit, einige ihrer geliebten Haare zu opfern. Allerdings war es äussert schmerzvoll, sie hat sich nur sehr wenige Haare ausgerissen, sodass ihr an ihrem toten Körper nichts bemerkt habt. Als Tamara den Plan ausübte und das Blut im Raum verteilte, war sie ganz durcheinander. Sie muss schrecklich nervös gewesen sein. In der ganzen Aufregung vergass sie, die Haare im Raum zu verteilen. Dies bemerkte sie erst, als sie zu mir in die Vorratskammer zurückkam. Sie erzählte es mir und ich bat sie, mir die Haare zu geben. Sie hatte diese in ihren Hosentaschen versteckt. Dann vollendete ich meinen Plan und erschlug Tamara, als sie sich kurz von mir abwandte. Das Bügeleisen hatte ich mit Handschuhen angefasst, um keine Spuren zu hinterlassen. Es war schrecklich. Tamara schwankte und fiel laut zu Boden. Es kam mir alles wie in Zeitlupe vor. Nach meiner fürchterlichen Tat rannte ich in den Speisesaal und warf die Haare, die Handschuhe und die Plastikspritze in das Kaminfeuer. Das stank fürchterlich, vor allem wegen dem Plastik und den Haaren, aber ich musste alles vernichten. Ich traute mich nicht, in Tamaras Schlafzimmer zu gehen und selbst die Haare zu verteilen, denn das war viel zu riskant. Ich durfte dort nicht gesehen werden.

Während ich sämtliches Beweismaterial in den Kamin schmiss und verbrannte, kam Markus herbeigeeilt und fand Tamaras Leiche bei der Vorratskammer. Natürlich ist ihm der fürchterliche Gestank aufgefallen. Ausserdem war ich mir nicht sicher, ob er mich gesehen hatte, denn ich bin nur kurz vor seinem Auftauchen vom Tatort verschwunden. Auch Alexandra trat kurze Zeit später auf. Nachdem ich mich vergewissert hatte, dass die Handschuhe, die Spritze und die Haare verbrannt waren, kam ich aus dem Speisesaal und begann mit meiner Schauspielerei. Ich schrie laut auf, als ich vor Tamaras Leiche stand, und ganz ehrlich war es mir auch wirklich zum Schreien zumute. Obwohl ich den Mord seit längerer Zeit geplant hatte, konnte ich es nicht glauben, dass ich meine beste Freundin tatsächlich ermordet hatte. Aber der Beweis lag vor mir. Es gab kein Zurück mehr.»

Giulia runzelte die Stirn. Sie empfand nichts als Wut für diese Frau. Wie lange wusste sie wohl schon, dass sie Tamara umbringen wollte? Tamara hatte Stefanie vergöttert. Sie hatte zu ihr aufgeschaut und ihr vertraut. Sie waren beste Freunde! Wie konnte Stefanie ihr so etwas antun? Und warum?

«Mein Motiv war die Liebe», sagte Stefanie traurig, als hätte sie die Frage gehört. Sie wischte sich die Tränen aus den Augen. «Ja, die Liebe. Wenn ich nie geliebt hätte, wäre es nicht so weit gekommen. Doch damit ihr meine Geschichte versteht, muss ich ganz von vorne beginnen.»

Kapitel 12

Roman Tobler gehörte mit seiner kleinen Statur, den wilden Sommersprossen, dem Wohlstandsbauch und der Brille optisch nicht zu Stefanies Traummännern, doch sein Charme und die Ausstrahlung hatten es ihr von Anfang an angetan. Sobald Roman sprach, schwang eine Heiterkeit und Zuversicht in seiner Stimme mit, und seine glänzenden Augen zauberten Stefanie ein Lächeln ins Gesicht. Sie hatten sich durch einen gemeinsamen Kollegen kennengelernt und unterhielten sich beim ersten Treffen bis spät in die Nacht hinein. In der Bar tauschten sie die Telefonnummern aus und begannen einander regelmässig zu treffen. Roman führte Stefanie in Restaurants aus, besuchte sie im Berghotel und bestieg mit ihr mehrere Gipfel. Nach sechs Monaten des Kennenlernens schenkte Roman Stefanie einen Helikopterflug, und als sie zu Stefanies grosser Überraschung auf dem Gletscher landeten, kniete sich Roman vor ihr hin und hielt um ihre Hand an. Tränen schossen in Stefanies Augen, doch es waren Tränen der Freude.

Das Fest fand im kleinen Rahmen in einem Restaurant von Freunden statt, und Tamara übernahm als Trauzeugin fast die gesamte Organisation. Die Gäste feierten bis in die frühen Morgenstunden. Je später der Abend, desto unterhaltsamer wurden die Fotos der Gäste, welche Stefanie noch Jahre später an ihre Hochzeit erinnerten.

Sieben Monate nach der Feier brachte Stefanie Anna zur Welt, welche Roman schon als Baby sehr ähnelte. Die junge Familie unternahm viele Ausflüge in die Berge, Pärke und an Seen.

Roman arbeitete als Verkäufer in einem Sportgeschäft und leistete in seiner Freizeit freiwillige Einsätze als Bergretter. Wie auch Stefanie war er in Zermatt aufgewachsen, er liebte die Natur und Abenteuer. Seine Eltern wohnten mittlerweile im Kanton Glarus, und seine Geschwister hatte es nach Chur gezogen. Aber seine besten Freunde aus der Schulzeit lebten grösstenteils noch in Zermatt und gingen mindestens einmal in der Woche mit Roman aus.

Um genügend Einkommen zu erwerben, arbeitete Stefanie Teilzeit in einem kleinen Restaurantbetrieb in Zermatts Dorfkern und brachte die kleine Anna jeweils zu ihrer Kollegin Tanja oder zu ihren Eltern ins Berghotel.

An einem schönen Frühlingsabend sass die ganze Familie am Tisch, als Romans Smartphone klingelte und er zu einem Bergrettungseinsatz am Matterhorn gerufen wurde. Er gab seiner Frau und seiner rothaarigen Tochter einen Kuss auf die Stirn, nicht ahnend, dass er nie wieder zu ihnen zurückkehrte.

Zwar war Roman ein erfahrener Pilot, doch aus unbekannten Gründen kam er beim Bergrettungseinsatz mit dem Helikopter zu nahe an die Felswand. Der Propeller berührte das Gestein und zerschellte innerhalb von wenigen Sekunden. Roman und sein Kamerad stürzten in die Tiefe und konnten nur noch tot geborgen werden.

Für Stefanie brach eine Welt zusammen, und obschon viele Bekannte aus dem Dorf für sie da waren und auch ihre Familie grosse Unterstützung bot, fiel sie in eine tiefe Depression. Sie hatte keinen Appetit mehr und nahm innert kürzester Zeit mehrere Kilos ab. Ihr Gesicht wirkte eingefallen und der Blick leer, die Haare waren zerzaust und ungepflegt. Nur dank Anna konnte sich Stefanie morgens aufraffen, denn die Kleine weckte Stefanie jeden Tag und erinnerte sie durch ihre Anwesenheit daran, dass Steffis Leben nach wie vor einen Sinn ergab und sie Verantwortung für ihr Kind übernehmen musste. Stefanie durfte sich nicht gehen lassen.

Anna sah ihrem Vater unglaublich ähnlich. Die roten Haare und das freche, kindliche Grinsen ermutigten Stefanie, Tag für Tag weiterzuleben. Sie kümmerte sich extrem liebevoll um ihren Goldschatz und begann auch sich selbst wieder grössere Sorge zu tragen. Durch den Tod ihres Mannes war die Bindung zu Anna noch stärker geworden, denn sie waren nun nur noch zu Zweit und leisteten sich gegenseitig Trost. Stefanie hatte sich zwar immer eine grosse Familie mit vier oder fünf Kindern gewünscht, doch sie wollte niemand anderen als Roman als Vater. Anna war das grösste Geschenk, das Gott und Roman ihr gegeben hatten, und Stefanie würde sich immer sehr gut um sie kümmern und alles für ihre Tochter tun.

Stefanie erhielt nach Romans Tod nur eine kleine Rente. Sie war dringend auf einen Erwerb angewiesen und erhöhte ihr Pensum im Restaurantbetrieb. Stefanies Eltern unterstützen die junge Familie, so gut sie nur konnten. Sie hüteten Anna regelmässig und griffen Stefanie finanziell unter die Arme, denn ohne ihre Hilfe wäre Steffi ziemlich verloren gewesen. Stefanie versprach, jeden erhaltenen Rappen zurückzubezahlen, obwohl das ihre Eltern nicht wollten.

Auch Tamara war für Stefanie da. Sie fragte Steffi regelmässig, wie es ihr gehe, und ob sie irgendwie helfen könne. «Du könntest mir nächstes Wochenende tatsächlich sehr gerne helfen», sagte Stefanie. «Weisst du... Ich glaube, dass meinen Eltern langsam alles zu viel wird. Nicht, dass sie das jemals zugeben würden, aber ich merke es. Sie sind nicht mehr die Jüngsten, und sie haben ihr Leben lang hart gearbeitet. Ursprünglich war geplant, dass

Roman und ich die Hotelführung übernehmen und sich meine Eltern zur Ruhe setzen. Aber nach Romans Unfall ist alles anders gekommen. Ich weiss nicht, ob ich ohne ihn die Kraft finde, das Berghotel zu übernehmen.»

Stefanie weinte und Tamara versuchte sie zu beruhigen, soweit dies über das Telefon möglich war. Sie wünschte, sie könnte ihre Freundin in den Arm nehmen.

«Ich habe ein schlechtes Gewissen, wenn ich das Hotel nicht bald übernehme. Nächstes Wochenende ist es komplett ausgebucht, und ich werde meine Eltern unterstützen müssen. Aber ich weiss nicht, wer auf Anna aufpassen soll, denn meine Kollegin Tanja hat kurzfristig abgesagt. Du würdest mir den allergrössten Gefallen machen, wenn Du auf meinen kleinen Frechdachs aufpassen könntest!»

Tamara strahlte und sagte Stefanie freudig, dass sie nichts lieber täte. Anna war ein sehr süsses und pflegeleichtes Mädchen, und Tamara verstand sich sehr gut mit ihr.

«Mag Anna Tiere? Ich möchte gerne mit ihr in den Zoo gehen!»

«Zoo wäre super... Oh Tamara, du bist einfach die Beste! Du glaubst nicht, was du mir damit für einen Gefallen tust!»

Tamara lächelte. «Ich mache das wirklich sehr gerne. Im Zoo haben sie ein neues Gehege für Giraffen. Anna und ich machen eine kleine Safari und besuchen die Löwen, Zebras, Giraffen und Antilopen. Ich freue mich schon sehr darauf.»

Und so kam es, dass Tamara die kleine Anna am kommenden Samstag in Zermatt abholte und mit ihr mit dem Zug nach Zürich fuhr. Anna freute sich über die vielen Tiere, welche die Nachmittagssonne genossen und den Herbsttag auskosteten. Nach etwas über einer Stunde wurden Anna und Tamara aufgrund der langen Zugfahrt und der vielen Eindrücke müde. Tamara hatte unterschätzt, wie anstrengend ein Kind sein konnte, obschon Anna sehr gut erzogen und äusserst brav *war. Erschöpft schob Tamara den Kinderwagen vor sich her und liess Anna ein paar Schritte neben sich gehen. Tamara war noch nicht dazu gekommen, Alexandra auf ihre WhatsApp-Nachrichten zu antworten, dabei ging es ihr wirklich schlecht und Alexandra brauchte nun gute Freunde... Nach einem grösseren Streit mit ihrem langjährigen Partner Dominik wusste Alexandra nicht, ob die Beziehung definitiv zu Ende war. Tamara wollte sie aufheitern und tippte eine kurze Nachricht ins Smartphone. Wenn sie wieder Zuhause war, musste Tamara ihre Kollegin unbedingt anrufen!*

Währenddessen lief Anna gedankenverloren neben Tamara her. Sie schaute sich um und sog an ihrem Schnuller. Auf der anderen Strassenseite bewegte sich etwas. Was war das? Von Neugier gepackt, lief Anna los.

Tamara beteuerte im Nachhinein, nur einen Moment lang nicht hingeschaut zu haben. Sie starrte auf das Handy, als das Geräusch quietschender Autoreifen sie aufschreckte. Sie blickte auf und sah mit Schrecken, wie Anna von einem Auto erfasst wurde. Mehrere Menschen eilten sofort zur Hilfe, doch es war zu spät. Anna war auf der Stelle tot.

Es war ein Unfall, hiess es. Es wurde alles sauber protokolliert, auf eine Klage wurde verzichtet.

Stefanie fiel in die Depression zurück und flüchtete sich in die Arbeit, um sich vom Kummer abzulenken. Sie übernahm das Hotel Bellechasse und arbeitete sieben Tage pro Woche ohne Unterbruch. Jede Nacht weinte sie sich in den Schlaf und erwachte schweissgebadet, denn Alpträume vom Tod und blutigen Unfällen zerrten an ihrem Verstand. Aber nach aussen hin wahrte sie den Schein der starken, netten Witwe. Ihre schauspielerischen Fähigkeiten überstiegen jene von so manch einem Hollywood-Star und auch Tamara hatte gedacht, dass es ihrer besten Freundin besser ging. Regelmässig fuhr sie nach Zermatt, um sie bei der Arbeit zu unterstützen. Tamara erzählte Stefanie von ihren Problemen mit Leandro, welcher an den Abenden lange weg war, zahlreiche Überstunden machte und sich sehr distanziert verhielt. Tamara befürchtete, betrogen zu werden.

Vielleicht war dies Karma, dachte Stefanie betrübt, obschon sie schon länger nicht mehr daran glaubte. Anna war nur wegen Tamaras Fahrlässigkeit umgekommen, aber anstatt zu trauern oder Reue zu zeigen, redete Tamara unentwegt von ihren Sorgen mit Leandro. Sie benahm sich, als wäre nichts geschehen. Stefanie ertrug es nicht, dass Tamara nicht mehr an Anna dachte. Nicht Tamara war es, die nachts kein Auge schliessen konnte, an einer Depression litt und den Sinn im Leben verloren hatte. Nein. Stefanie musste für Tamaras Fehler büssen, während diese alle Gedanken an den Unfall verdrängte und so tat, als hätte es Anna nie gegeben.

Aber entgegen Stefanies Vermutungen kämpfte Tamara mit schweren Gewissensbissen und ertrug es nicht, mit jemandem über den Vorfall zu reden. Jedes Kind erinnerte Tamara an die kleine, süsse Anna und versetzte ihrem Herzen einen Stich. In ihrem Kopf hörte sie immer wieder Annas Kinderlachen, das ihretwegen für immer verstummt war. Das Geschehene rüttelte an ihrem Verstand, und nachts konnte sie oft nicht schlafen. Es bildeten sich dunkle Augenringe, welche auch mit starkem Makeup nur schwierig zu verstecken waren. Tamaras Haltung litt unter dem Kummer, sie lief vorgebeugt und geknickt und ihr einst so unbeschwertes Lächeln verschwand immer mehr. Tamaras engelsgleiches Äusseres mit den feinen Gesichtszügen erhärtete sich, und trotz ihrer schlanken und grossen Figur blickten ihr die Männer nicht mehr nach, so wie sie das früher noch taten. Tamaras Freunde bemerkten zwar, dass es ihr schlecht ging, doch sie schoben es auf die Beziehungsprobleme mit Leandro. Am Tag von Annas Unfall kam Leandro erst gegen 4 Uhr nach Hause.

Tamara hatte ihm nie von dem Vorfall erzählt und sich immer mehr von ihm distanziert. Aber sie distanzierte sich nicht nur von Leandro, auch bei ihrer Familie und den Kollegen wurde sie verschlossener und zog sich mehr in sich zurück. Sie suchte Kraft in der Natur, ging häufig spazieren und suchte einen Weg, sich zu verzeihen.

Die grosse Einsamkeit hatten Stefanie und Tamara in diesen schwierigen Zeiten gemeinsam. Stefanies Situation war durch die isolierte Lage des Aldenhorns zusätzlich erschwert, denn die kargen Berge und das fehlende Dorfleben vergrösserten ihre Einsamkeit. Zwar kamen viele Besucher auf das Aldenhorn, doch niemand kam um zu bleiben. Kaum ein Gast bemerkte, wie krass Stefanie abgenommen hatte, und Steffis Freundlichkeit wirkte zu authentisch, als dass jemand ihren psychischen Schmerz erkannte.

In Stefanies zahlreichen schlaflosen Nächten machte sie sich tausende von Gedanken und je länger sie über ihr trauriges Schicksal nachdachte, desto grösser wurde ihre Wut gegenüber Tamara. Hätte Tamara auf Anna aufgepasst, wäre die Kleine noch am Leben, und Stefanies Leben verliefe viel glücklicher. Stefanie gab Tamara die Schuld an ihrem Schicksal und empfand wachsenden Hass. Stefanie hatte damals auf eine Klage gegen Tamara verzichtet, denn kein Gericht der Welt würde Tamara so hart bestrafen, wie sie es verdient hatte. Aber Stefanie wollte Vergeltung, denn wie hiess es doch im Alten Testament? «Entsteht ein dauernder Schaden, so sollst du geben Leben um Leben, Auge um Auge, Zahn um Zahn, Hand um Hand, Fuss um Fuss, Brandmal um Brandmal, Beule um Beule, Wunde um Wunde.»

Leben um Leben.

Stefanie zitterte, als sie an ihr Vorhaben dachte. Sie liebte seit ihrer Kindheit Kriminalromane und wusste, dass jedes unbedachte Detail einen Mörder entlarven konnte. Nur mit

akribischer Planung und sorgfältiger Vorbereitung war es mög-
lich, die Vergeltung ohne darauffolgendem Gefängnisaufenthalt
auszuüben. Stefanie kritzelte ihre Ideen in ein Notizbuch, malte
einen Zeitstrahl und Mindmaps. Monatelang erarbeitete sie ih-
ren Plan, zeichnete und schrieb wild darauf los und dachte an
nichts anderes mehr, denn der Plan hatte ihr eine neue Lebens-
kraft verliehen. Erst nachdem sie alles bis ins letzte Detail ge-
plant hatte, das Kabel der Türklingel durchtrennt hatte und
Handschuhe für die Tat gekauft hatte, verbrannte sie das Notiz-
buch im grossen Cheminée. Sie stellte sicher, dass keine Papier-
fetzen herausgeflogen waren und es keinen Hinweis auf ihren
Plan gab.
Tamara bewunderte Stefanie sehr und frass ihr aus der Hand,
und so war es ein Leichtes, sie für den Plan an ihren eigenen
Mord zu missbrauchen.

Giulias Kehle war wie ausgetrocknet, sie schluckte leer
und starrte Stefanie ungläubig an. «Das mit Anna war ein
Unfall», stammelte sie, «Tamara hat Anna doch nicht absichtlich vors Auto laufen lassen!»
Tränen liefen über Giulias Gesicht, während Stefanie mit
starrem Blick aus der Verandatür blickte und das Geschehen um sie herum nicht mehr wirklich wahrnahm.
«Du hast mich ausgenutzt, um dich an Tamara zu rächen»,
sagte Leandro zu Stefanie, und in seinen Augen spiegelte
sich blanke Wut. «Du hast uns alle absichtlich in die Irre
geführt, um deine beste Freundin kaltblütig zu ermorden!
Du Feigling hast sie heimtückisch von hinten erschlagen,
obwohl sie dir vertraut hat wie niemand Anderem!»
Leandro hatte sich aus dem Sessel erhoben und richtete
sich in seiner vollen Grösse vor Stefanie auf. Seine

beträchtlichen Muskeln zuckten, und Stefanie blickte ängstlich zu ihm hoch.

«Du bist ein Monster», fuhr er fort. «Du wolltest mich als Mörder hinstellen, um selbst ungeschoren davonzukommen! Du machst Tamara Vorwürfe, dass sie dein Leben zerstört hat, aber mein Leben hättest du beinahe auch zerstört! Wie viele Jahre hinter Gitter hätte ich deinetwegen wohl verbracht? Zehn Jahre, fünfzehn Jahre oder sogar lebenslänglich? Du bist so etwas von tot!»

Mit einem Satz sprang Leandro auf Stefanie zu und schnürte ihr die Kehle zu. Alexandra kreischte.

«Lass sie sofort los», rief Luisa entsetzt, «Markus, mach etwas!»

Noch während Luisa sprach, war Markus hochgesprungen und versuchte, Leandro mit aller Gewalt zurückzuhalten. Doch er hatte keine Chance, Leandro war deutlich kräftiger als er.

Luisa hielt den Atem an.

«Leandro, mach es nicht noch schlimmer!», rief Giulia laut, doch Leandro hörte nicht auf sie. Er drückte seine Hände enger um die Kehle, und Stefanie rang nach Luft.

«Sie ist es nicht wert! Wenn du sie umbringst, kommst du wirklich ins Gefängnis!», sagte Markus.

Endlich löste Leandro seinen Griff. Er warf Stefanie einen vernichtenden Blick zu und verliess den Raum mit stapfenden Schritten.

Stefanie atmete in unregelmässigen und lauten Zügen, ihr Gesicht war purpurrot angelaufen. Vorsichtig tastete sie mit ihren Händen den Hals an der Stelle ab, an der Leandro sie zuvor gewürgt hatte.

«Ich verachte dich», sagte Markus zu Stefanie, «aber gleichzeitig tust du mir leid. Wenn die Polizei eintrifft, wirst du alles gestehen. Ansonsten gibt es fünf Zeugen, die gegen dich aussagen.»

Stefanie nickte.

«Ja, ich werde gestehen. Ihr könnt euch nicht vorstellen, wie sehr ich schon jetzt alles bereue. Ich dachte, dass es mir nach der Vergeltung besser gehe, aber das Gegenteil ist der Fall: Ich habe alles noch viel schlimmer gemacht. Wenn Roman wüsste, was ich getan habe... Er könnte mir nie verzeihen. Der Mord hat mir weder Roman noch Anna zurückgebracht, die Trauer ist geblieben.»

Giulia sah Stefanie aufgebracht an.

«Tamara hat mir nie etwas von dem Unfall mit Anna erzählt, und es tut mir aufrichtig leid was damals passiert ist», sagte Giulia mit zitternder Stimme. «Aber du hattest absolut kein Recht dazu, Tamaras Leben zu nehmen! Niemand hat ein solches Recht. Mit dem Mord an meiner Schwester hast du mir eine unglaubliche Trauer zugefügt... Dabei solltest am besten wissen, wie unerträglich Trauer ist. Mit dieser Tat an Tamara hast du auch mich bestraft, obwohl ich dir nie etwas angetan habe. Sollte nun auch ich mich an dir rächen? Leben um Leben, wie du das aus der Bibel zitierst? Wo landen wir, wenn wir stets nur nach Rache fahndeten? Hast du dir das einmal überlegt?»

Stefanie zitterte am ganzen Körper und umklammerte mit den Armen ihren dünnen Oberkörper.

«Lasst sie in Ruhe», entschied Markus. «Stefanie ist in einer sehr schlechten Verfassung und braucht jetzt dringend psychologische Unterstützung. Mach dir keine Sorgen Giulia, Stefanie wird ihre gerechte Strafe bekommen. Aber jetzt sollten wir nicht alle auf ihr herumhacken. Ich will nicht, dass sie sich etwas antut. Bis die Polizei kommt, werden wir deshalb gut auf sie aufpassen.»

Etwas widerwillig gaben Alexandra und Giulia nach. «Also gut. Wir bleiben bei ihr.»

Nach einer Weile kehrte auch Leandro mit betrübter Miene in den Raum zurück, denn er ertrug es nicht, in dieser schwierigen Zeit alleine zu sein. Die Minuten vergingen, wenn auch nur wie in Zeitlupe, und es war ziemlich genau 15 Uhr, als Leandros Smartphone aufgrund einer eingehenden Nachricht laut piepste. Im ersten Moment begriff er nicht, doch dann sprang er freudig von seinem Stuhl hoch. «Wir haben wieder Internet!», rief er erleichtert und lächelte erstmals seit Tagen aus tiefstem Herzen heraus, die ganze Anspannung war zumindest für einen Augenblick verflogen. Ein Blick auf das Smartphone verriet ihm, dass die eingegangene Nachricht von seiner Mutter kam: Sie fragte ihn, wie Tamaras Party gewesen sei. Augenblicklich verzog Leandro das Gesicht zu einer schmerzverzerrten Grimasse. Die traurige Vergangenheit hatte ihn erneut eingeholt und ihm wurde bewusst, dass er dieses Hotel gedanklich nie wirklich verlassen konnte. Seine einst so märchenhafte Geschichte mit Tamara hatte hier ein definitives und schmerzliches Ende gefunden, und seine Reue sollte nie ganz verschwinden.

Markus hatte sein Mobiltelefon ebenfalls herausgesucht und war bereits dabei, eine Nummer zu wählen, als er sich der Gruppe zuwandte. «Wir haben wieder ein Telefonnetz, ich rufe jetzt die Polizei. Luisa, Giulia und Alexandra, passt bitte währenddessen weiterhin gut auf Stefanie auf», sagte er und schritt mit dem Smartphone am Ohr langsam zum Fenster.

Stefanie sass zusammengekauert im smaragdgrünen Lehnstuhl, die Knie eng an sich gezogen. Sie hatte sich seit zwei Stunden kaum bewegt und keinen Ton gesagt. Sie war apathisch und teilnahmslos und schien mit ihrem Leben abgeschlossen zu haben.

Markus beobachtete sie bedauernd, als sein Telefonanruf von der Polizei entgegengenommen wurde.

«Guten Tag. Ich habe einen Mord zu melden», sagte Markus nüchtern. Er hielt einen Moment inne, ehe er fortfuhr: «Mein Name ist Markus Wanner. Ich und fünf weitere Personen sind im Berghotel Bellechasse auf dem Aldenhorn und warten auf Rettung. Unsere Kollegin Tamara Koch wurde ermordet, und ihr Mörder ist unter uns. Wegen dem Schneesturm sind wir von der Aussenwelt abgeschnitten. Wir hatten keinen Strom, kein Internet, kein Telefonnetz. Dies ist unser erster Kontakt nach draussen und einige meiner Kollegen sind am Ende ihrer geistigen Kräfte. Bitte kommen Sie so schnell wie möglich hierher.»

Der Polizist Gautschi versprach, eine Polizeieinheit mit dem Helikopter vorbeizuschicken, und tatsächlich dauerte es nur wenige Minuten, bis die schwarz uniformierten Männer ankamen und die aufgewühlten Personen ins Tal beförderten.

Schlusswort

Das Geständnis bei der Polizei führte zu einer raschen Klärung des Falls.

Giulia war erleichtert, dass die ganze Anspannung vorüber war und lehnte sich erschöpft an Leandro. «Endlich brauchen wir uns nicht mehr zu verstecken», sagte sie glücklich.

Leandro nickte mit einem geistesabwesenden Blick. Stundenlang hatte er darauf gehofft, das Berghotel Bellechasse endlich zu verlassen, doch nun, da es soweit war, fühlte er einen grossen Schmerz in der Brust. Er wollte nicht nach Hause, denn in seiner Wohnung erinnerte ihn alles an Tamara. Die gemeinsam gekauften Möbel, ihre liebevoll gepflegten Pflanzen, die passend ausgewählten Dekorationen...

«Mach doch nicht so ein Gesicht, na komm schon!», sagte Giulia und zerrte an Leandros Arm, denn der Zug zurück nach Zürich wartete bereits auf dem Gleis. Leandro dachte betrübt an die Wanner Wealth Management AG und an seine ungewisse Zukunft. Er musste sich damit abfinden, die Firma und den guten Ruf für immer verloren zu haben, und fühlte einen Stich im Herzen. Vermutlich war jetzt der ideale Moment für einen Neuanfang. Er wollte alles Schlechte hinter sich lassen und das neue Jahr dafür nutzen, sein Leben selbstbestimmter und schöner zu gestalten.

Er packte Giulias Hand und lächelte sie an. Trotz seiner tiefen Trauer fühlte er eine Zuversicht.

Danksagung

Vielen Dank, dass Du Dir Zeit für meine Geschichte genommen hast. Diese entstand dank meiner motivierenden Lehrerin Barbara Moosmann, meinen unterstützenden Eltern Karl und Sonja Wieland und meiner treusten Leserin und Schwester Sabrina Wieland. Gewidmet ist diese Erzählung Ruth Steiner Frohofer, die immer an mich geglaubt hat.